The Forbidden Duke
by Darcy Burke

禁断の公爵と還ってきた令嬢

ダーシー・バーク
緒川久美子[訳]

ライムブックス

THE FORBIDDEN DUKE
by Darcy Burke

禁断の公爵と還ってきた令嬢

主要登場人物

エレノア（ノラ）・ロックハート……………没落した家の令嬢
ケンダル公爵タイタス・セントジョン……貴族院議員
ジニー・サターフィールド………………タイタスの義理の母
サターフィールド伯爵……………………ジニーの夫。タイタスの義理の父
ヘイウッド卿………………………………ノラのスキャンダルの相手
イザベル・フランシス……………………高級娼婦
レジナルド・ドーソン……………………男やもめの貴族
マーカム伯爵………………………………貴族
デイヴィス…………………………………ノラの父
ジョアンナ（ジョー）……………………ノラの妹
レディ・ダン………………………………貴族の老婦人

1

一八一一年二月、イングランド、セント・アイヴス

ノラことミス・エレノア・ロックハートは愕然《がくぜん》として父親を見た。「すっからかんなの？」デイヴィス・ロックハートが袖を引っ張った。彼が居心地の悪いときにいつもする仕草で、この話しあいに対する気持ちを如実に示している。「すっからかんってわけじゃない。屋敷を維持できるほどはなくなってしまったというだけだ。それに、おまえの生活も支えてやれない」彼はくすんだ茶色の目で、すまないとばかりに娘を見た。

ノラは積みあげた本を折れた脚代わりにしている古ぼけたソファに座ったまま、父親を見つめた。父は投資に失敗して、財産を失ってしまったのだ。否定はしているが、明らかにほぼすべてを。「今度はいったい何に投資していたの？」首を横に振りながら質問する。

父には昔からやや不用意な部分があったものの、財政面でこれほど愚かな結果を招くほどとは思っていなかった。

父が咳払いをした。「サセックスでの建築案件だよ」

あまりにも漠然とした答えだが、残念ながらこれ以上突っ込んでもたいした情報は引きだせそうにない。おそらく父自身、何もわかっていないのだ。

「それで、わたしはどうすればいいと？」ノラは感情を込めずに淡々ときいたけれど、実際はこれからのことを考えて恐怖に手足がしびれ、心臓が激しく打っていた。過去にぬぐいがたい汚点があり、いまだに未婚であるため、選べる道がほとんどないのだ。

デイヴィスは背筋を伸ばして窓のほうを向き、屋敷を囲む狭い庭に目をやった。町はずれに借りているこの屋敷と庭が、ノラたち姉妹にとって幼い頃からのわが家だ。姉妹で伯爵夫人や公爵夫人になる未来をわくわくしながら夢見たのもここなら、二度目の社交シーズン中にスキャンダルにまみれたノラが打ちのめされて戻ってきたのもここだ。それ以後ノラは、オールドミスとして残りの生涯をこの屋敷で過ごすものと思っていた。少なくとも父が亡くなり、ささやかな遺産とともに小さなコテージに移り住むまでは。だが、そんな未来はもう来ない。

「きっとおまえの妹が迎え入れてくれるだろう」父が彼女と目を合わせないまま言った。

しかし、ノラにはそうは思えなかった。ジョーことジョアンナはいやがらないかもしれないけれど、教区牧師である妹の夫が許すはずがない。ノラは夫でも婚約者でもない男性とキスをしたふしだらな女として、社交界から追放された身だ。マサイアス・ショーが牧師館に招き入れてもいいと思う女性像とはほど遠い。

「それは無理だと思うわ」ノラは淡々と返した。気持ちは沈む一方だが、冷静さは増している。

「では、親戚のフレデリックの奥方のところはどうだろう」

父は、五年前に亡くなったあのフレデリックのことを言っているのだろうか。一〇年前、彼は男爵の娘である妻クララとともにノラの社交界デビューのうしろ盾になってくれた。それなのにノラは寛大で親切な彼らの面目をあきれた行状で完全につぶし、恥をかかせてしまった。あのときふたりは、今後ノラの妹であるジョーの社交界デビューに手を貸すつもりはないというきっぱりとした伝言とともに、ただちにノラをセント・アイヴスへ送り返したのだ。

フレデリックが亡くなったあとにクララは再婚した。その彼女が自分の顔に泥を塗った人間をふたたび家に入れるとは思えない。炎の燃えさかる地獄の門が凍りつくらい、ありえないことだ。

ノラはばかげた提案に返事をする気にもなれず、口を引き結び、歯をぎりぎりとかみしめて父をにらみつけた。

ところが、そんな娘にデイヴィスは笑みを返してきた。唇を無理やり引き伸ばしたようなその笑みは、父がけんか――とくに娘たちとの――をどうにか避けようとしている証《あかし》だ。

「そうだな、では家庭教師か、どこかのレディの話し相手《コンパニオン》として働くとか」

　父の口ぶりは、まるでそんな勤め口がどこにでも転がっているかのようだ。「簡単に言うけれど、どうやって仕事先を見つければいいの？」

　デイヴィスが眉根を寄せて渋い表情になった。「わたしにわかるものかね。おまえならなんとかできるだろう。母親と同じで頭がよくまわるから」妻を思いだし、声がやわらぐ。父はことさら感傷的な性質ではないものの、妻に対する愛は深く、亡くなってから二〇年経《た》ついまも彼女を恋しがっていた。

　ノラはとりあえず妹に事情を話しに行こうと立ちあがった。ジョーは問題を解決する役には立たなくても、同情はしてくれるはずだ。親身になってくれるのは、もはや妹くらいしかいない。

　曇り空で気温は低かったが、村の反対側にある牧師館に着く頃には、ノラの体はあたたまっていた。

　家政婦のミセス・ケトラーのあとについて、ノラがこぢんまりとした居間に入ると、ジョーはすぐに現れた。濃い茶色の髪をきちんとまとめた妹ははしばみ色の目に険しい表情を浮かべ、探るように姉を見た。「今日は来ると思っていなかったわ」

　口には出さないが、ジョーの夫は予定外のできごとを好まない。とくにふしだらという烙印《らくいん》を押されている妻の姉の突然の訪問は。「そうなんだけれど、緊急事態が起こったのよ。

よければ散歩でもしながら話さない？」

ジョーがますます眉をひそめた。「いったいなんなの？」

妹に対して言葉を飾る必要はないと、ノラは判断した。ジョーは父の欠点をよくわかっている。「お父さんが投資に失敗して財産を失ってしまったの。これからは、叔父さんのところの小さなコテージに住まわせてもらうそうよ」

ジョーが驚きに目を見開いた。「本当なの？　ポリー叔母さんがお父さんをそれほど気にかけていたなんて知らなかったわ」

デイヴィスは妹のポリーと折りあいがいいとは言えず、ノラとジョーはこれまで四回しか叔母に会ったことがなかった。「お父さんが住むのは、羊の放牧地のはるかはずれにある小さな小屋らしいわ。叔母さんはお父さんとなるべく顔を合わせずにすませるつもりなんじゃないかしら」

「そうだとしても、置いてくれるだけでじゅうぶん親切よ」

そのとおりだ。考えてみれば、父がこれから住むコテージは狭くて一緒には住めないとしても、叔母夫婦の屋敷にはあいている部屋があるかもしれない。それに彼らには子どもがいるから、家庭教師を必要としている可能性もある。けれどもそこで、ノラは苦笑した。叔母夫婦が家庭教師を雇いたいはずがない。田舎住まいの彼らは簡素な暮らしを好んでいるのだから。

ジョーがついてくるように合図して居間を出た。「やっぱり、外に行きましょう」玄関を出る前に手袋をつけて帽子をかぶり、姉に尋ねる。「これで平気かしら」

ノラは持っているわずかばかりのドレスのうち軽い毛織のものを着ており、それ以外に防寒になるようなものは身につけていなかった。「最初は寒いかもしれないけれど、すぐにあたたまるわ」

ジョーはうなずき、扉を開けてノラに先に行くようううながした。「お父さんと一緒にドーセットへ行くの？」

外に出ると雲のあいだから太陽が顔をのぞかせていたので、ノラは顔を伏せてボンネットのつばで光をさえぎった。「そのコテージは狭くて余裕がないのよ。だからわたしは別の場所を探さなくては」

ジョーが足を止めて、ノラを見た。「それって――」

ノラは妹の腕にやさしく手を置いた。「いいえ、あなたのところに置いてもらうつもりはないわ。マサイアスが許すはずがないって、わかっているもの」

ジョーが息を吐き、申し訳なさそうな表情を浮かべた。「ごめんなさい」

「いいのよ。あなたがあんな頭のかたい男と結婚しなくてはならなかったのは、わたしのせいなんだし」ノラのふしだらな行動が、妹の社交界での立場も台なしにしてしまったのだ。

ジョーは顔をしかめて、牧師館を振り返った。「そんなふうに言わないで。姉さんが彼を、人の過ちを許さない心の狭い人間だと思っているのはわかってるわ。そんな性質が牧師として望ましくないことも。でも、彼は夫としてはじゅうぶんやさしいの。文句なんか言えないわ」

〝姉さんみたいに結婚できないこともありえたんだから〟

声には出さない妹の考えが、ノラの心に突き刺さった。ノラだってこんな人生を送るつもりはなかった。伴侶なしでひとり寂しく生きていくなんて。いま未来はさらに不たしかなものになり、先をまったく見通せなくなっている。こうなったのも、間違った男性と親密になり、あろうことか彼のうわべだけの甘い言葉を信じてふたりきりで会うのを受け入れてしまったせいだ。すべては身から出た錆《さび》である。

ノラはふたたび歩きだした。牧師館から続く狭い道をはずれ、野原を突っ切って浅い流れのほとりに出る。夏によくピクニックに来ている場所だ。「とにかく、あなたが何かいい案を思いついてくれないかと思って。ポリー叔母さんがわたしを置いてくれるとは思えないから」

ジョーは顔をしかめた。「どっちにしろ、羊を飼っている農場で暮らしたくなんかないでしょう？　でも姉さんに面目をつぶされたクララがまた面倒を見てくれることも、ありえないわね。絶対に無理」

思っていたとおりのことを言われて、ノラは強くうなずいた。「お父さんは家庭教師かコンパニオンになればいいと言うの」

「悪くないかもしれないわ。そういう仕事には経験が要求されるのかしら」

ノラは肩をすくめた。「それほど難しい仕事とは思えないわ。とくにコンパニオンは」

ジョーが表情を曇らせた。「姉さんの……過去が問題になると思う？」

ノラはため息をついた。「もしかしたらね。でもほかに選択肢はなさそうだし、ロンドンの職業紹介所に手紙を書いてみるわ」

「違う名前で応募したら？　たとえばお母さんの旧姓とか」

ノラは思わずにやりとして妹を見た。「エレノア・ゴッドビーヒアになれっていうの？〝神はわれとともにあり〟なんて名前に？」ふたりしてくすくす笑った。

ジョーが首を横に振りながら言った。「お母さんもこの旧姓には苦労させられたでしょうね」

それに現実はその名前とはまったく違った。母が長くつらい闘病生活を経て、七歳と五歳というまだ幼い娘たちを残して亡くなったとき、神の存在はどこにも感じられなかった。

小川に近づくと、ノラは足を止めて妹に目を向けた。九年前、わたしは妹の人生まで台なしにしてしまった。「自分の素性を偽るようなまねは、できればしたくないわ。そもそもわたしがあんなことになったのは、嘘をついたせいだもの」うしろ盾になってくれていたクララに女同士で化粧室に行くと言って、図書室へ向かったのだ。恋に落ちたと思い込んでいたヘイウッド卿《きょう》と会うために。

ジョーが水際まで歩いていった。「たしかに、そのほうがいいと思う。姉さんはもう、九年前の浮ついた娘とは違うのね」ノラに笑いかける。

「ありがたいことに」ノラはあまりにも世間知らずだった当時の自分を思い返して身震いした。あのときに戻ってやり直せるのなら、何を置いてもそうするだろう。身をかがめてなめらかな石を拾い、ジョーの隣に行くと手首を軽く動かして水面に放った。

「ロンドンに行くのが怖い?」ジョーがきいた。

手のひらを返したように背を向けた人々やヘイウッドに会ったら、自分はどんな反応をするだろう。そう考えて、ノラはすぐに首を横に振った。いまはまだ、そんな心配をする必要はない。「ロンドンで働くことにはならないかもしれないもの」

「コンパニオンになるつもりなら、きっとロンドンへ行くことになるわ。もう社交シーズンがはじまっているし」

たしかにその可能性は高い。ロンドンに戻って晩餐《ばんさん》会や舞踏会に出たり馬車で公園をめぐったりすることを思うと、ノラは怖気《おじけ》づきそうになった。だがセント・アイヴスでの寂しい生活に別れを告げられるし、羊牧場での生活よりずっといい。

「毎日手紙を書いてくれるわよね? わたしも書くわ。少しでも支えになるように」ジョーが姉を見つめた。

ノラは小川のほうを向いたまま、ジョーの腕にそっと体をぶつけた。ここにひとりは味方がいるのだと思うと、うれしかった。「そうするわ」

「お母さんが亡くならなければよかったのに」ジョーが静かに言った。水面に視線を据え、口の両端をさげている。

ノラは妹の肩を抱いた。「ほんとにそう。でも少なくとも、わたしたちにはお互いがいるじゃない」

ジョーが振り向いて、姉にあたたかい笑みを見せた。「ええ。これからもずっとね。それにしても、姉さんがロンドンに戻ると考えると心配だわ。姉さんは気にしていないのかもしれないけれど、もう傷ついてほしくないの」

ノラは妹の気持ちがありがたかった。ジョーから腕をはずし、しゃがんでふたたび石を拾う。「またあんなふうになることは絶対にないわよ。もう懲りたもの」それから石を川に投げた。

ジョーが驚いたように口に手を当てたあと、ゆっくりとおろした。「絶対なんて言ってはだめよ。運命の女神が挑発されたと思うわ」

妹の言うとおりかもしれないが、それがノラの正直な気持ちだった。

第五代ケンダル公爵タイタス・セントジョンは、ロンドンにいるときはいつもそうしているように、ブルックスの自分用の個室にひとり座っていた。こうして紳士クラブで過ごすのは、人が集う場所へはほとんど出ていかない彼にとって数少ない例外だ。厳密には、個室で過ごすのは人前に出ることとは言えないとしても。料理やウイスキーのお代わりを運んできた給仕が扉を開けるたびに、人々の笑い声や話し声が聞こえてくる。だが彼は、その喧騒に惹《ひ》かれることはなかった。それどころか耳障りにすら感じていたが、昔の彼を知っている人間なら、それを不思議に思うだろう。かつての彼はにぎやかなほうへ、にぎやかなほうへと引き寄せられていた。鳥がかぐわしく美しい花に惹かれるように。

父の生前にレイヴングラス侯爵の称号を使っていた頃は、自らの身分と実家の富の恩恵を存分に利用して、賭け事にふけり、金を湯水のように使い、とんでもない放蕩《ほうとう》者という評判を得ていた。要するに、人生をひたすら謳歌《おうか》していたのだ。あるできごとが連鎖的に起こって、足元が崩れるような思いを味わうまでは。そのできごとのあと彼は一変し、享楽的な生活に背を向けるようになった。

「閣下？」

給仕の男に声をかけられてタイタスが顔を上げると、義理の父が目に入った。「こんにちは、サターフィールド卿」

「やあ、ケンダル」伯爵がうなずくと、ほぼ完全に禿《は》げあがっている頭がランプの光を受けて輝いた。「きみの母上がよろしくと言っていた」

母といっても義理の関係だが、彼女はタイタスの記憶に存在する唯一の母親だ。彼がまだ五歳のときに実の父親と結婚して以来、わが子同然にかわいがってくれている。夫の死後、慣例どおり二年間喪に服したあと、約七年前にサターフィールド卿と再婚した。

給仕がグラスにウイスキーを注いで伯爵に渡し、部屋を出ていった。

サターフィールド卿は暖炉のそばに座っているタイタスに近づくと、向かいあう椅子に腰かけた。「きみを明日のお茶会に必ず来させろと妻にうるさく言われてきたんだが、無理強いするつもりはないよ」

タイタスはウイスキーのグラス越しに眉を上げてみせた。「いまのは無理強いなのでは?」

「いや、妻の言葉を伝えただけだ。いちおう伝えさえすれば、彼女の前でやましい思いをせずにすむ。まあ、妻というのはいろいろと面倒なものさ」サターフィールド卿が、きみも結婚していればわかるとでも言いたげな表情を向けた。タイタスがまだ独身でいることが、義母とのあいだに唯一存在する火種だ。義母は手紙をよこすたび、顔を合わせるたび、いつ結婚するのかと質問してくる。明日お茶会に行ったら、必ずまたきかれるだろう。

「早く妻をもらうようにせっつけとも頼まれたんですか?」

伯爵が低く笑った。「いや。じつは、彼女もようやくきみのいまの状態を受け入れたようでね。コンパニオンを雇うことにしたらしい」

タイタスは思わずかすかに身を乗りだした。「本当ですか? いったいいつそんな決心を?」

「ついこのあいだ、友人に勧められたみたいだよ。ひとり寂しく過ごしているからいけないんだ、と」

「そうならないために、あなたと結婚したんじゃないんですか?」タイタスは淡々と質問した。義母はよく彼に、妻をもらえば寂しくなくなると言う。だがタイタスは寂しくなんかない。ただ独り身なだけなのだ。

「たとえ拷問にかけると言われても、絶対にできないことがある。たとえば買い物につきあうとか」サターフィールド卿が身震いした。「そしてきみの母上は買い物好きだ。いまは友人たちと行っているが、コンパニオンがいれば思いたったときにいつでも行けるようになる」

義父の主張を理解したタイタスは、義母がコンパニオンを雇ったことを自分のためにもうれしく思った。そばにいてくれる人間ができれば、彼に結婚しろとせっつくようなおせっかいをする暇もなくなるだろう。すばらしい。タイタスはウイスキーのグラスを取りあげた。「お茶会に行くと、母に伝えてください」

そのとき突然、扉が勢いよく開いて壁にぶつかり、若い男がよろめきながら入ってきた。

「ここはフィッツパトリックの部屋かな?」問いかける舌はもつれ、首巻き《クラヴァット》は曲がっている。乱れた髪や紅潮した頬から、男が完全に酔っ払っているとタイタスは見て取った。「違う」

男の背後に、やや年上らしき男が現れた。最初の若者の肩を乱暴につかむと、不快そうに顔をしかめながら廊下に引き戻す。「何をやっているんだ、リンドハースト。ここはケンダル公爵の部屋だぞ。すみません、公爵」彼は謝りながらこちらを見た。

タイタスはうなずいた。「扉を閉めていってくれ」

「わかりました」年上の男はたしかアクスブリッジ侯爵だったと、タイタスは思いだした。侯爵は酔っ払ったリンドハーストを押しやるように部屋から遠ざけ、気を使いながらそっと扉を閉めた。

「彼らはずいぶんときみを恐れ敬っているようだったな。どうだ、うれしいか？」サターフィールド卿がタイタスをちらりと見て、すぐに首を横に振った。「いや、それはないな」

義父の言うとおり、うれしいという感情はなかったが、ほっとはしていた。畏怖されていれば、なれなれしく近づかないでもらえる。他人の愚かしい行動を大目に見るような忍耐力は持ちあわせていない。自らの自堕落な生活を捨てると、他人のそういう部分も許せなくなる。そのことは世間の人々も気づいているのだ。

「彼らは人畜無害だよ」サターフィールド卿がとりなした。

「違いますよ。だが、それについてあなたと議論するつもりはありません」ああいう男の一見罪のない軽率な行動がどれほどの実害をもたらすものか、タイタスはいやというほど実感させられた。とはいえ、それを義父に明かすつもりはない。そもそも誰にも打ち明けていないのだ。タイタスはウイスキーを飲み干すと、グラスを椅子の横にあるテーブルに置いた。「今晩はもう帰ります。あなたはどうぞごゆっくり」

「このあとはどこへ？」

「一緒に来たいと思うような場所じゃありませんよ」タイタスはきちんとした社交界の集まりからははずれた、高級娼婦《しょうふ》たちの集う夜会に顔を出すつもりだった。毎年社交シーズンに合わせてロンドンへ来ると、その年の愛人を探す。退屈な作業だが、余計な要求をせずにベッドをあたためてくれる女性を見つけるために必要な手順だ。個人的なことに関して世間から余計な干渉をされたくないため、彼との関係を外で触れまわったりしないというのが女性に求める絶対的な条件だった。

「そうか、ではまた明日会おう」サタフィールド卿は引きさがった。

タイタスが部屋を出て扉を閉めると、廊下には誰もいなくなっていた。階段をおりて会員たちが思い思いに過ごしている部屋に入ると、一瞬静まり返ったあと、誰かのわざとらしいささやき声が響いた。「〝禁断の公爵〟じゃないか」

タイタスのあだ名を口にしたのが誰か、確かめようとはしなかった。誰の顔も見ず、まっすぐ前を向いてクラブを出る。他人にどう思われようが、まったく気にならなかった。

2

ロンドンの職業紹介所に求人の問いあわせをしてから二週間後、ノラはコンパニオンとしてはじめての面接を受けるために、マウント通りにあるレディ・サターフィールドのタウンハウスの客間に足を踏み入れた。ロンドンへは前日遅く、郵便馬車で着いた。

すばらしい部屋だった。通りに面した背の高い窓には金色のカーテンがかけられ、あちこちに飾られている風景画がさわやかで開放的な雰囲気を醸しだしている。いくつもある金縁の鏡がもとから大きな部屋をさらに広々と見せ、三つつりさげられている豪華なシャンデリアのクリスタルが、午後の光を浴びてきらめいていた。

そこはかつて暮らした親戚のフレデリックの屋敷と同じくらい優美で洗練されているが、なぜかずっと心地よく感じられた。ただし、それはノラが前よりも成熟し、豪華なロンドンの屋敷に入っても気後れしなくなったというだけかもしれない。もう以前のような世間知らずの小娘ではないのだ。

しばらくして、レディ・サターフィールドが部屋に入ってきた。長身で黒っぽい髪の堂々とした女性だが、あたたかい笑みを浮かべているので近寄りがたさはない。ノラは彼女を見たとたんに、緊張が解けるのを感じた。

「ようこそ、ミス・ロックハート。今日はいらしていただけてうれしいわ。どうぞ座って」

レディ・サターフィールドが長椅子を示しながら、青い絹地張りの肘掛け椅子に腰をおろした。

ノラは浅く腰かけた。「ありがとうございます。こちらこそ、お会いできて光栄です」

「執事のハーレイがすぐにお茶を運んできますからね。お茶の淹《い》れ方はご存じかしら？」

ノラはうなずいた。「はい」

「それならよかった。あなたならできるとは思っていたけれど。以前、社交界にデビューなさっているんですものね」

伯爵夫人のさらりとした口調からは、ノラの過去をどう思っているのかはわからなかった。しかし紹介所がレディ・サターフィールドにスキャンダルのことを知らせていないとは思えない。紹介所には過去について包み隠さず打ち明けたし、そのせいで勤め先を紹介するのは難しいかもしれないとはっきり断られたのだから。

それなのにいまこうして、面接までこぎつけている。

ノラは言外の質問に躊躇なく答えた。「ええ、社交界には二年間いました」まるまる二年間ではないけれど、そう言っても差し支えないくらいだろう。

「紹介所から、あなたの過去については聞いているわ」

今度の言葉からも、レディ・サターフィールドがノラの過去についてどう感じているのかは伝わってこない。けれどもこうして面接に呼んでくれたからには、気にしていないと考えていいのだろう。とはいえ最初にはっきりさせておくに越したことはない。「わたしがロンドンを出なければならなかった事情について、承知されていると思っていいのでしょうか？」

レディ・サターフィールドの視線に込められているものがなんなのか、ノラは考え込んだ。やさしさだろうか。そう、それ以外に考えられない。目尻にはしわが寄っているし、唇には気づかうような慈愛に満ちた笑みが浮かんでいる。「ええ、知っているわ。あんな結果になってしまって、あなたには気の毒だったとも思っているの。わたしたちはみんな、若い頃に何かしらばかなことをしでかすものよ。でもほとんどの場合、それを人には知られない。社交界というのは、女性に対して不当に厳しい場所なの。男性にだって、同じかそれ以上の責任があるはずなのに。お相手はヘイウッド卿だったかしら？」

〝雲の上の存在〟である並はずれてハンサムなヘイウッドの顔が、ノラの脳裏によみがえった。九年前、彼の波打つ金髪、まばゆい笑み、甘い言葉に魅了されてしまったのだ。「はい。すべてわたしの甘さが招いたことです」急に喉がいがらっぽく感じられ、ノラはそっと咳払いをした。

レディ・サターフィールドが首を少しかしげてやさしく言った。「いさぎよく過ちを認めるあなたの姿勢は立派だと思うわ。彼と結婚したいと思っていたのかしら」

「ばかだったとしか言いようがありませんが、そうです」ノラは声ににじむ自嘲を隠そうとはしなかった。「永遠の愛を誓い、わたしを妻にするつもりだと言われたとき、信じてしまいました。図書室での逢引《あいびき》は人に見つかれば眉をひそめられると承知しながらも、ヘイウッド卿とは婚約したも同然で、必ず結婚するものと思っていましたので」

なんて愚かだったのだろう。ノラは図書室でヘイウッドと抱きあっているところを、人に見られてしまった。社交界の催しの中でもひときわ盛大な舞踏会の最中に。二日後、彼女はフレデリックに田舎へ送り返されたが、ヘイウッドがロンドンから追放されたのはそのシーズンのあいだだけだった。彼は取り返しがつかないほど評判を落としたわけではなく、実際それからほんの二、三年のうちに結婚した。だがノラはたった一度のキスで破滅したのだ。たいしてすばらしくもないキスのために。

レディ・サターフィールドが口元を引きしめ、首を振った。「男性の中には、そういうろくでもない輩《やから》がいるものなのよ」

そのたったひと言が、ノラの中に長らく眠っていた怒りを呼び覚ました。ヘイウッドを非難した者はごくわずかで、ほとんどの人間がすべての責任をノラにかぶせた。それなのにレディ・サターフィールドは、ノラが陥った状況に同情してくれているのだろうか。「わたしは当時とはだいぶ変わりました」

周囲に受け入れられること、夫を見つけること、社交界で確固たる地位を築くこと。当時のノラにとって、これらが何よりも重要だった。結局そのどれも手に入れられなかったが、それで不幸だったかと言えばそうでもない。丹精込めて世話をしている庭があり、好きな本を読め、何よりほとんどの女性よりも多くの自由を手にしていた。いまの自分には、そういうもののほうが重要に思えた。

レディ・サターフィールドの表情がふたたびやわらいだ。「それはわたしにもわかるわ。あなたの仕草の端々からうかがえるもの。過去なんかどうでもいいのよ。大事なのは、いまがどうかということ。では本題に入りましょう。わたしは買い物についてきてくれたり、手紙を書くといった事務的な作業を手伝ってくれたり、話し相手になったりしてくれるコンパニオンを探しているの。どう？　興味はあるかしら」

ノラの中ではすでに、伯爵夫人に対する好意がたしかなものになっていた。はじめて同情してくれた人を、どうして好きにならずにいられるだろう。この女性のコンパニオンを務めるのは、まったく難しいことではない。「はい。ぜひおそばで働かせてください。美しい文字を書くことには自信があります。小さい頃、母がよく褒めてくれたので、一生懸命に練習しました」

「お母さまは何年前に亡くなられたの？」

ノラの胸の奥がちくりとした。長い年月が流れるうちに心の痛みは徐々に減っていたが、逆にそのことを悲しく思っていた。母の死を嘆く気持ちが薄れるなんて間違っている気がしてならない。「二〇年前です」

「ずいぶん小さい頃に亡くされたのね。わたしの母はつい二年ほど前まで生きていたのよ」レディ・サターフィールドは一瞬、寂しそうな笑みを浮かべた。「いまでも悲しいけれど、母はいい人生を送ったと思っているわ」

執事が部屋に入ってきて、紅茶をのせたトレイをふたりのあいだのテーブルに置いた。ノラは飲み方の好みを伯爵夫人に尋ねてから、それぞれのカップに紅茶を注いだ。

「あら、とても手際がいいのね。ところで、どうして仕事を探しているのかきいてもいいかしら」レディ・サターフィールドはカップを口に運んだ。

ノラはしわひとつないスカートをなでつけた。恥ずかしい事情を口にしたくはなかったものの、最初に実情を話しておいたほうがいいと心を決める。「今月末に父がドーセットへ行ってしまうんです。でもそこの家は、わたしが一緒に住めるほど広くなくて」

レディ・サターフィールドが口元をわずかに引きしめた。「それは残念ね。どうやら窮地に陥っている原因はお父さまにあるようね」

ノラは同情を寄せてくれる伯爵夫人に感謝を覚えたが、憐《あわ》れまれているような複雑な気持ちでもあった。

「それで、この九年間はどんなふうに過ごしてきたの？」

「読書と、あとは庭の植木の世話などをしていました」庭仕事ができなくなるのは残念だ。いろいろな花や木を育てていたが、とくに薔薇《ばら》は自慢だった。

「幸せだった？　つまり、もし事情が許せば、いままでの暮らしを続けたかった？」

伯爵夫人はなぜそんなことが知りたいのだろうと、ノラは不思議に思った。これまでノラが幸せかどうか気にかけてくれたのは、ジョーくらいだった。「ええ、そうですね。わたしもいつかは結婚してほしいと、妹は思っていたようですけれど」

レディ・サターフィールドがふたたび紅茶を口に運んだ。「あなたもそう望んでいた？」

かつてはそうだった。社交界にデビューしたばかりで初々しかった頃は、結婚して子どもを持つことを夢見ていた。けれども完全に面目を失って田舎に引っ込んでからは、そんな期待は捨てていた。妹は姉の結婚をけっしてあきらめていなかったにもかかわらず。「はい、昔は。でも、いまはそんなあこがれは抱いていません。コンパニオンとして働ければじゅうぶんです。雇っていただけるならの話ですけれど」ノラは頬に血がのぼるのを感じた。伯爵夫人にずうずうしいと思われたくない。

「もちろん、ぜひ働いてほしいわ。すぐに越してきてもらえるかしら」

ノラは一瞬言葉が出なかった。「ここまで信用していただけるなんて……本当によろしいんですか？」

「あなたはとても感じがいいし、逆境にめげない強さと知性があるわ。過去の過ちを繰り返すかもしれないなんて露ほども思いませんよ」

ノラはほっとすると同時に喜びが込みあげ、思わず笑みがこぼれた。「絶対にそんなことはしません」

「それならいいわ。さっそくだけれど、三日後に舞踏会を開くから準備を急がなければならないの。もちろんあなたも出なくてはだめよ」レディ・サターフィールドがノラのとんでもなく時代遅れのドレスに視線を落とした。「どうやらドレスを新調する必要がありそうね」

ノラはたじろいだ。「近頃は最新流行のドレスを着るような機会がなかったので」

「責めているんじゃないのよ。それどころか、あなたの装い一式をあたらしくそろえるという楽しい計画ができて、わくわくしているの。〝計画〟だなんて失礼かもしれないけれど、あえてそう言わせてね」

ノラは目の前の女性に自分の格好をどう思われたのだとしても、腹を立てたりできなかった。灰色の目を楽しそうに輝かせている伯爵夫人を見ると、こちらまでうきうきしてくる。

「楽しい計画だと思っていただけるなんて、わたしは幸運です。すばらしい機会を与えてくださって、ありがとうございます」

「よかった。じゃあ、お茶を飲んだらさっそく買い物に出かけましょう。あなたの荷物はハーレイに取りに行かせればいいから」けれどもそこで、レディ・サターフィールドは首を横に振りながら苦笑した。「わたしったら先走りすぎているわね。まずあなたを部屋に連れていって、それから屋敷の中を案内するわ。一階に広い図書室があるのよ——あなたは本を読むのが好きだと言っていたでしょう?」

ノラはめまぐるしく進展する事態に圧倒されながら、これはいいことなのだと自分に言い聞かせた。行きづまった状況を打破するには、なるべくすばやい変化が必要だ。これこそがその変化なのだ。

この親切で寛大な伯爵夫人のコンパニオンになる。あたらしいドレスを作ってもらい、すばらしい図書室に出入りできるようになるのだ。結婚して子どもを持つという未来はけっして訪れないとしても。

それでも別にかまわない。そんな夢はとっくに捨てたのだから。

タイタスが義母の家にお茶会がはじまる一〇分前に到着すると、ふだんは何にも動じない執事のハーレイが一瞬、驚きに目をしばたたいた。

「ようこそ、閣下。レディ・サターフィールドがお喜びになられるでしょう。奥さまはすでに客間にいらっしゃいます」

「ありがとう、ハーレイ。案内はいらないよ」タイタスが二階へ上がって客間に入ると、義母はメイドと話していた。

レディ・サターフィールドがタイタスを見て目を輝かせ、うれしそうに笑った。「ケンダル、来てくれたのね」

歩み寄った彼女の頬に、タイタスはキスをした。「サターフィールド卿には来ると言っておいたんですが、聞いていないんですか？」

「聞いていたけれど、実際にあなたの姿を見るまでは信じないことにしているから」義母は顔を上げ、彼の肩を手で払った。「糸くずがついていたわよ」

「ありがとうございます」

「いいえ、お礼を言うのはわたし。あなたがお茶会なんてものにまったく興味がないのは、わかっているんですもの」

メイドが出ていくと、タイタスは部屋を見まわした。「コンパニオンはどこです？」

いい女性を見つけたと、義母から連絡があったのだ。「すぐにおりてくるわ。あなたもきっと彼女を好きになるわよ」

タイタスはその女性と親しくなる気はなかった。だが義母のために、最低限度の礼儀正しさは示すつもりでいた。

レディ・サターフィールドの視線がタイタスの背後にある扉へと動く。「ほら、来た」

タイタスは振り返った。すると目に入った女性は、彼の予想とまったく違っていた。彼女はレースで縁取られたキャップをかぶって眼鏡をかけた、白髪まじりの中年女性ではない。コンパニオンは地味で目立たないという印象があるが、彼女は正反対だ。はっきり言って、昨日彼が出席した娼婦たちの集う夜会に来ていたとしてもおかしくない。ただしそれはいまとは違う格好をしていればの話で、目の前の女性は魅力的な昼間用のドレスをまとい、その曲線はゆったりとした襞《ひだ》のあいだで控えめに見え隠れしているだけだ。それなのに彼女と目が合ったとたん、タイタスは視線をそらせなくなった。隠すことなく好奇心を浮かべたその目は、彼を激しく誘惑している。昨日の夜に出会っていたら、彼女に話しかけて愛人として雇っていただろう。

だがここはいかがわしい女たちが集う夜会の会場ではないし、タイタスはもう愛人を求めていない。

きびきびとした義母の声に、彼はわれに返った。「ケンダル、わたしのコンパニオンを紹介するわね。ミス・エレノア・ロックハートよ」

コンパニオンの素性を知って、タイタスはまたしてもショックを受けた。同時に身の置きどころがない思いに襲われる。それも当然だ。ミス・ロックハートはタイタスの昔の仲間である間抜けなヘイウッドに破滅させられた女性だった。

タイタスは昔、独身貴族のグループを率いてロンドンの街を遊びまわっていた。ギャンブル、競馬、女遊びにうつつを抜かし、ヘイウッドと同様、女たちとたわむれてキスのひとつやふたつ盗むことなどなんとも思っていなかった。まったくもって見さげ果てた振る舞いで、それを言うなら当時の彼のほとんどの行動が愚かきわまりなかった。いま振り返ってみると、よく誰にも見つからなかったものだ。つまりヘイウッドほどばかではなかったということだが、そのヘイウッドをそそのかして無垢《むく》な女性を誘惑させたのはタイタスだ。そしてその憐れな若い女性こそミス・ロックハートで、ふたりはまさに密会現場を押さえられてしまった。

腰抜けのヘイウッドは、事態にいさぎよく立ち向かって彼女に結婚を申し込もうとはしなかった。裕福な花嫁が必要だったからだ。こそこそと田舎に引っ込んでほとぼりが冷めるのを待ち、三年後、首尾よく金持ちの妻を手に入れた。見捨てられたミス・ロックハートは、すべての可能性を閉ざされてしまったというのに。

彼女の素性を知って動揺したタイタスは、それを隠そうと懸命に笑みを作った。「はじめまして、ミス・ロックハート。お目にかかれてうれしいです」はじめて会ったというのは嘘ではない。彼女の顔は知っているが、きちんと紹介されるのははじめてだ。

レディ・サターフィールドが若くて魅力的なコンパニオンのほうに向きを変えた。「ノラ、こちらはケンダル公爵、わたしの義理の息子よ」

ノラ。力強いが女らしい名前は、彼女にぴったりだ。

ミス・ロックハートが膝を折ってお辞儀をした。「お会いできて光栄です」

彼女の振る舞いは非の打ちどころがないし、状況や身分をじゅうぶんにわきまえている。それはわかっているが、タイタスはそんな敬意など見せてほしくなかった。ほかの人々からはそうやって距離を置かれることを望んでいるのに、そんなふうに感じるのははばかげているが。「ぼくのほうこそ光栄だ」

こちらを見つめるミス・ロックハートの黄褐色の目は、タイタスの好きなポートワインを思わせる色あいだ。しかし、そんなことを彼女に言った男がいるとは思えない。社交界から追放された女性に誰がお世辞を言うだろう。あの不運なできごとのあと彼女はどうしていたのか、なぜここにいるのか、彼は知りたくてたまらなかった。

だが、そんなことはきけない。

ハーレイが最初の客の到着を知らせに来て、レディ・サターフィールドがミス・ロックハートを連れて挨拶に行ってしまった。

タイタスはふたりを見送ると、入り口から遠い隅に近い窓のそばに向かった。集まってくる人々から離れていたかったのだ。外の通りを見つめ、誰が到着するのか調べる。どうしてそんなことをしているのか、自分でもわからなかった。誰が来ようと興味などないし、意識は完全にミス・ロックハートと彼女がいまどんな状況にあるのかに集中している。

ミス・ロックハートを破滅させた責任を自分が負うべきだったとは思わないが、彼女のその後についてもっと気にかけておくべきだった。

タイタスはそのまま窓辺にたっぷり三〇分は立っていた。いつものように人々は彼にちらちらと視線を向けるものの、近寄っては来ない。彼のほうも客人たちのところに行こうという気はなかった。あとでそんな態度を義母に責められるだろうが、ほんの少しだけだ。義母は彼がひとりでいるのを好むとわかっている。理解はしてくれなくても。

父が亡くなって爵位を継いでから、タイタスは全力で自分の務めに取り組んできた。領主としても、貴族院議員としても。領地では家令と、ロンドンでは秘書と過ごす時間は充実しているが、それ以外の人間とのつきあいや友人関係はきっぱり断っている。社交シーズンごとに替える愛人以外は。公爵が社交界の催しにまったく顔を出さないのは変だとわかっているものの、若い頃に堕落しきった放蕩者だったせいで、そんな時代を思いださせられる場所には二度と出入りしたくなかった。

だがミス・ロックハートを見ていると、否応《いやおう》なく過去を突きつけられる。そして久しぶりに脳裏によみがえったかつての自分には、反吐《へど》が出る思いだった。

サターフィールド卿が近づいてくるのが目に入って、タイタスは少しだけ体の向きを変えた。義母の夫はいまでも親しくつきあっている数少ない人間のひとりだ。

「来たんだな」サターフィールド卿が先ほどの妻と同じく、意外そうに言った。

タイタスは通りに注意を戻したが、その前に鋭い一瞥《いちべつ》を義父にくれた。「あなたも母も、ちっともぼくを信用していないんですね」

「信用する、しないの問題じゃない。われわれはきみをよく知っている」義父はちらりと笑った。「ジニーによれば、ここでずっとむっつり立っているだけだそうじゃないか」

「むっつりなんかしていませんよ。我慢できる人間としか話さないだけで」

「われわれ周りの人間に対するきみの評価は厳しいな」サターフィールド卿がからかうように言い、タイタスから小さな笑みを引きだした。

彼は義父に目を向けた。「あなたをのぞけば、そうですね。そしてあなたは最初からここにいたわけじゃありません」

「まあ、そうだ。わたしもこの手の催しには我慢ならないんだよ」

「じゃあ、どうして出席しているんです？」

サターフィールド卿は向きを変え、窓を背にして部屋を見渡した。「きみと同じじゃないかな。きみの母上を愛していて、彼女の役に立ちたいと思っているからだ。ミス・ロックハートにはもう会ったかい？」

その名前を聞いたとたん、タイタスは自分はやはりむっつりしていたのだろうと考え直した。おそらく彼女のことで頭がいっぱいだったのだ。「ええ、会いました」

「彼女とジニーはとてもうまくやっているようだ。最初はわたしもコンパニオンなんてどうかと思っていたんだが、なかなかいい考えだったと認めざるを得ないな」

それを聞いて、タイタスはうれしかった。義母ほど幸せになる価値のある女性はいない。

彼女はタイタスの父親と結婚した瞬間から彼をわが子として受け入れ、ようやく自分の子を授かってからもそれは変わらなかった。結局タイタスの妹であったその子は亡くなったものの、そのことは義母に幸せになってほしいと願うたくさんの理由のひとつにすぎない。義母のためならなんでもするつもりだ。結婚以外は。

もしかしたらいつかはするかもしれないが、いまではない。

「それで、昨日の晩の首尾はどうだった？」サターフィールド卿が質問した。

義父は遠まわしに、今年の愛人を無事に見つけられたのかと尋ねているのだ。首尾は上々だった。昨日出会ったイザベル・フランシスは並はずれて美しい女性だ。少なくとも昨晩はそう感じたのだが、いまはつまらなく思えてしかたがない。ミス・ロックハートと比べると、どうしても色あせてしまう。イザベルの髪は淡い金髪。一方、ミス・ロックハートの髪は印象的な赤褐色。イザベルの目は鮮やかな青できわめて美しいけれど、どこか深みが足りない。練習して身につけたいくつかの感情しか表せないかのようだ。だがミス・ロックハートの目には野生の輝きがある。瞳の奥から自立した強い精神がにじみでているのだ。

タイタスは首をまわしてサターフィールド卿の姿をとらえたあと、ミス・ロックハートを探した。彼女は部屋の反対側で誰かと話している。その生き生きとした様子が、つまらないお茶会に活気を与えていた。はっきり言って、彼女はまるでコンパニオンらしくない。コンパニオンとは本来、部屋の片隅でひっそりとあたりに目を配っているものではないだろうか。

「ケンダル？」

厨房《ちゅうぼう》でビスケットをくすねようとしているところを見つかった六歳の少年のように、彼はびくっとして義父を振り返った。「ええ、昨日は有益な夜を過ごしました」

だが昨日の夜と違って、今日はどうも落ちつかない。ミス・ロックハートはタイタスの中に何年も眠っていたさまざまな感情を呼び起こした。ひとつは愛人ではない女性に否応なく惹かれてしまう気持ちだ。そんな不都合なことはもうずっとなかったし、いまさらその衝動に流されるつもりはない。大丈夫だ。気持ちを抑え込んで無視できる。

しかしもうひとつやっかいなのは、かつての自分を思いだしてしまうことだ。あの頃のタイタスなら、ミス・ロックハートと夜の庭で良心の呵責《かしゃく》もなくたわむれのキスをしたあと、簡単に彼女を忘れられただろう。

そう思うといやな気分になり、若く浅はかだった自分を恥じた。ふと見ると、義母が何か言いたげにこちらを見つめている。

「ジニーがにらんでいる」サターフィールド卿が言った。「なだめてきたほうがよさそうだ。きみにも一緒に来てもらいたいところだが、返事はわかっているよ」タイタスの肩にぽんと手を置く。「気にしなくていい。彼女は今日きみが来てくれたことだけで喜んでいるんだから」

タイタスはサターフィールド卿が義母たちのグループに加わるのを見届けると、ふたたびより安全な外の通りに目をやった。それなのに気がつくと、視線がミス・ロックハートに向いている。何度も、何度も。

どうにもよくない兆候だった。

3

その午後、お茶会に参加したノラの心臓は激しく打っていた。ふたたび社交界に出入りしようとしている彼女に人々がどんな反応を示すか、心配でしかたがなかったのだ。だがこれまでのところ、何ごともなくうまく進んでいる。そもそもレディ・サターフィールドがこんなふうにノラを社交界の一員であるかのように扱うなんて予想もしていなかった。コンパニオンとして雇われた身なので、みんなのために紅茶を淹れたり、会話に入れずぽつんとしている客がいないか目を配ったりする役割をまかせられるのかと思っていたのに、レディ・サターフィールドは客たちひとりひとりにノラを紹介した。それゆえ思わず社交界にデビューした当時のような気分になった。ほんの少しだけ。

とはいえ当時より一〇も年を重ねたいまのノラは、はるかに賢くなっている。というか、そう思いたい。そんなことをつらつらと考えていたノラは、レディ・サターフィールドからいま着いたばかりのレディ・ダンを紹介されたので、はっとわれに返った。濃灰色の髪をエレガントなスタイルにまとめた初老のレディ・ダンが片眼鏡を目に当てて、ノラを頭のてっぺんからつま先まで観察している。「あなたのことは覚えているわ」

ノラは次に来るかもしれない言葉に備えて身構えた。これまでのところ誰も、ノラの正体に気づいたとは言ってきていない。けれどもレディ・ダンの顔には見覚えがなく、何を言われるか予想がつかなかった。

レディ・サターフィールドが口をはさもうとしたが、レディ・ダンのほうが早かった。「戻ってきたのはいいことですよ」

そうなのだろうか。ノラはほっとして体の力を抜き、笑みを向けた。

レディ・ダンが眼鏡をおろす。「ちょっと座っておしゃべりをしましょう」彼女はあいている長椅子に向かった。

レディ・サターフィールドがノラを見て、励ますようにうなずいた。

レディ・ダンは金色のブロケード張りの長椅子に腰をおろし、隣を手のひらで叩《たた》いた。

ノラはそこに座った。レディ・ダンは助言でもするつもりのようだ。

「あなたはとても勇敢な娘さんね」レディ・ダンが前置きもなく突然言った。「もう何年も前になるけれど、あなたがどんな苦境に陥ったのかはよく覚えているわ。あの過去からいろいろと学んだのならいいけれど」

率直にしゃべる目の前の婦人に対してどう返せばいいのか、ノラにはわからなかった。はっきり言ってもらえてほっとする一方、裸にされたような心もとない気分でもある。「はい、学びました。たくさんのことを」

その返事を認めたしるしに、レディ・ダンが鋭く一度うなずいた。それから部屋を見まわすと、驚いたように固まったままささやいた。「まあ、驚いた。〝禁断の公爵〟じゃないの」

ノラがレディ・ダンの視線をたどると、その先にはレディ・サターフィールドの義理の息子であるケンダル公爵がいた。思わずレディ・ダンにきき返す。「なんとおっしゃいました？」

レディ・ダンはノラの肩の上にもうひとつ頭が生えてきたとでもいうように、目をしばたたいた。「ケンダル公爵ですよ。知っているでしょう？　あなたはレディ・サターフィールドのコンパニオンなのだから」そう言って口をすぼめる。「でもまあ、彼がどう呼ばれているかなんて義理のお母さまから聞いているはずがないわね」

ケンダル公爵についての噂《うわさ》など知りたがったりするべきではないと、ノラにはわかっていた。どんなに興味深い話であろうと、他人について陰であれこれ言ったりするべきではない。毅然《きぜん》とした態度を貫かなくては。それなのに、彼が〝禁断の公爵〟と呼ばれている理由を知りたいという気持ちを、どうにも抑えきれなかった。

ほんの少し顔を合わせただけだが、ケンダル公爵は強烈な印象を残していた。黒髪に射抜くようなエメラルド色の目という容貌はとてつもなく魅力的だったし、彼のほうもノラに……興味を抱いたように見えた。あるいは興味ではなく、別の感情だったのかもしれない。彼のまなざしには熱情のようなものがうかがえた。かつてヘイウッドの目にも見えたものが。そんなものを見たら悲鳴をあげて一目散に逃げだすべきかもしれないけれど、公爵にはヘイウッドにはなかった自制心が備わっているのが感じ取れた。「ケンダル公爵はどうしてそんなふうに呼ばれているんですか？」ノラは質問を口から出したとたん引っ込めたくなった。結局いつも好奇心に負けてしまうのだ。

この話題について話したくてしようがないといった様子のレディ・ダンは、かすかに身を乗りだした。「社交界の催しに顔を出さず、誰ともつきあおうとしないからよ。彼は自分を世間から切り離しているの。めったに姿を現さないし、そんな彼に誰も近づいたり話しかけたりしない」

ケンダル公爵は典型的な〝雲の上の存在〟のようだ。ノラは彼を盗み見た。長身で肩幅が広く、波打つ髪をうしろになでつけて秀でた額をあらわにしている。こちらからは横顔しか見えないものの、顎は角張り、唇はしなやかでやわらかそうだ。

やわらかそう？　いったい何を考えているのだろうと、ノラはわれに返った。

「それならどうして今日は来ているのでしょう？」もうこの話題は切りあげるべきだと理性ではわかっているのに、ノラはやめられなかった。

「それをあなたに教えてもらおうと思ったのだけれど」レディ・ダンがユーモアたっぷり

に返す。「もしかしたら、今度レディ・サターフィールドが開く舞踏会のダンスパートナーを探しに来たのかしら。毎年この催しだけは彼も出席するのよ。そして最初の一曲だけ踊るの。特別な事情のある幸運な女性と」

レディ・ダンが嬉々《きき》として次々に情報を提供してくれるので、ノラは好奇心を押し殺すのをあきらめた。「特別な事情というのは？」

「ケンダル公爵はいつも、注目を浴びる必要に迫られている女性を選ぶの。行き遅れている女性や、未亡人や、姉たちが結婚したあと取り残された末娘なんかを。彼に選ばれることによって、彼女たちの注目度がぐんと上がるというわけ」

ケンダル公爵は〝雲の上の存在〟でありながら、ちょっとした英雄のようでもある。

またしてもケンダル公爵に目を向けてしまったノラは、長椅子から滑り落ちそうになった。公爵も彼女を見つめていたのだ。しかも彼の目に浮かぶ欲望は、窓辺に立っていた一時間でさらに色濃くなっている。彼の放つ熱気に、ノラは体が熱くなるのを感じた。しかも、なぜかそれがいやではない。

ケンダル公爵が絡みあっていた視線をはずして窓の外に向けると、ノラは下を向いてドレスの小花模様を眺め、懸命に落ちつきを取り戻そうとした。

ノラが見られていると気づくまで、ケンダル公爵はこの客間にいる誰にも興味を持っていないのだと思っていた。〝禁断の公爵〟ではなく〝つらら公爵〟と名づけてもいいくらい尊大で冷淡な男性だと。けれどもそんなふうに言いきるのは、彼に対して公正ではないだろう。彼の態度が尊大さゆえなのかどうか、まったくわからないのだから。もしかしたら、こうした社交界の催しや他人と交わることが苦手なだけかもしれない。単に内気で引っ込み思案という可能性もあるのだ。それならそれであたらしく彼のあだ名を考えるのは楽しそうだと、ノラは笑みを浮かべた。一日じゅうだって考えていられる。たとえば〝つんけん公爵〟とか。そう、これはなかなかいい。

「どうして笑っているの？」レディ・ダンが見とがめた。

ばかげた物思いにふけっていたことに気づき、ノラは目をしばたたいてレディ・ダンに向き直った。「ただ楽しくて。すみません。何かお持ちしましょうか」

「いいえ、結構よ。もう帰るから。〝禁断の公爵〟がお茶会に現れたと、真っ先に触れてまわりたいの。どうせこれからまだ何箇所か行くつもりだし」レディ・ダンが手を差しだした。

「手を貸してくださる？」

ノラは急いで立ちあがると、レディ・ダンを支えた。「お会いできて楽しかったです」

レディ・ダンが、ノラより背が低いにもかかわらず、まるで見おろしているかのような威厳を漂わせて言った。「これからどうするか見守っていますよ、ミス・ロックハート。あなたに好意を感じているわたしを失望させないでちょうだい」彼女は片目をつぶってみせると、レディ・サターフィールドに別れの挨拶をしに行った。

残されたノラは、義理の息子のあだ名について雇い主にどう質問すればいいか考え込んだ。お茶会が終わってから、レディ・ダンが言った言葉をそのままさらりと伝えるのがいいかもしれない。

「まあ、驚いた。本当にミス・エレノア・ロックハートなの？」ハヤブサの甲高い鳴き声のようなけたたましい声が突然響いた。

ノラは振り向き、思わず浮かべたしかめっ面を急いで消した。よりによって、スザンナ・ウェイコムと顔を合わせてしまうとは。いや、彼女はいまレディ・アバクロンビーだ。ノラがロンドンを出た直後に婚約した彼女の豪華な結婚披露宴の様子は、新聞で読んだ。

しかもさらに悪いことに、レディ・アバクロンビーはひとりではなかった。連れのミス・ドロシー・クランリーは、昔ノラが名誉を失ったことを喜んでいたひとりだ。一二、三キロは太っているので断言はできないが、面影がある。

ノラは懸命に笑みを作った。「お久しぶりね、レディ・アバクロンビー」

「ドロシーを覚えているでしょう？　いまはレディ・キップ＝ランドンになっているけれど」

「もちろん覚えていますとも。おふたりにまた会えてうれしいわ」うれしいわけはなかったものの、ノラは絶対に本心を明かすつもりはなかった。

「ロンドンには何をしに来ているの?」レディ・アバクロンビーの大きく見開いた茶色の目は悪意に満ちている。

ノラは頭を傾けて屋敷の女主人を示した。「レディ・サターフィールドのコンパニオンをしているのよ」

「まあ……それはすてき。この街に戻れてうれしいでしょうね」レディ・キップ=ランドンがせせら笑うように言った。

ノラは注意深くおだやかな表情を保った。募るいらだちを少しでも表に出さないよう注意する。「ええ、ありがとう」

レディ・キップ=ランドンがノラに近づいてきた。「窓のそばに立っているのは〝禁断の公爵〟かしら」

自分に向けられた質問なのかどうかわからなかったので、ノラは返事をしなかった。

「そうよ」レディ・アバクロンビーが声をひそめて返し、ノラのほうに顔を向けた。「彼はここで何をしているの?」

〝あなたの知ったことじゃないわ〟と言う以外に適切な返事を思いつかなかったけれど、ノラはふたりを交互に見ながら目をしばたたいたあと、こう言うだけにとどめた。「義理のお母さまのお茶会ですもの」

レディ・キップ=ランドンがイヤリングをいじりながら、レディ・アバクロンビーに向かって言う。「公爵がお母さまの舞踏会以外の集まりに現れるなんて、はじめて見たわ。舞踏会には今年も出席して踊ると思う?」あとほんの二、三日で、レディ・サターフィールドが主催する舞踏会が開かれる。

レディ・アバクロンビーは静かにうなずいた。「ええ。毎年そうですもの。一年に一度だけ舞踏会に出て、一曲だけ踊る。幸運な女性がひとりだけダンスの相手に選ばれるけれど、そのあと彼からは二度と連絡がない」その声にはもの欲しげな響きがあり、ノラは一瞬どきりとした。

幸いそのときレディ・サターフィールドがノラのほうを見て、来るように合図した。ほっとしたノラは、意地の悪いふたり組に作り笑いを向けた。「ごめんなさい、失礼するわね」

「気にしないで。お仕事の邪魔はしたくないから」レディ・アバクロンビーが連れと目を合わせて、意味ありげに笑った。

椅子やテーブルをよけながら歩きだしたノラは、公爵のすぐそばを通った。振り返った彼のまなざしの強さに、思わずつまずきそうになる。ライオンの巣のそばをこっそり通り抜けようとしたら、眠っていた獣が獲物に気づいて頭をもたげたような威圧感だ。

そんなふうに感じるなんてばかげていると思いつつ、ノラは体が震えるのを止められなかった。

そのあとお茶会の時間はめまぐるしく過ぎ、ノラは〝禁断の公爵〟――ケンダル公爵――

のことをなんとか頭から追いやって、ほかの客たちに意識を集中した。そしてようやく最後の客を見送って振り返ったときには、窓のそばから彼の姿は消えていてがっかりした。なぜかわからないが、残念な気持ちが込みあげる。

レディ・サターフィールドが客間の扉を閉めて、ため息をついた。「今日は本当にたくさんのお客さまがいらしたわね。とくに最後のほうはすごかったわ」

〝禁断の公爵〟が来ているという噂が広まったためだろうか。

伯爵夫人がノラに笑みを向けた。「どう？ 疲れた？」

「それほどでもありません。とても楽しい午後でした」少なくとも、ノラの古い〝友人〟たちが現れたとき以外は。

「それならよかった。あなたの過去が蒸し返されるかもしれないと事前に話しあっていたけれど、そんなことはなかったと思っていいのね？」

「じつはレディ・ダンがかなりはっきりと、わたしの過去の……軽率な行動について触れました」

レディ・サターフィールドが心配そうに額にしわを寄せた。「まあ。そうなると予想して、彼女とふたりにしないようにするべきだったわ。ごめんなさいね」

「いいえ、大丈夫でした。逆にあの方の率直さがありがたかったです」ノラは言葉を選びながら続けた。「あの方はケンダル公爵が〝禁断の公爵〟と呼ばれているともおっしゃっていました」

レディ・サターフィールドが灰色の目を楽しそうに輝かせて笑った。「あら、いかにも彼女らしいわね。ほかにも何か言っていた？」

「あとは、あなたの舞踏会で公爵が特別な事情のある女性と踊るということくらいです」

「そうなのよ。毎年みんなの注目の的なの」

どうしてケンダル公爵が〝禁断の公爵〟と呼ばれているのか知りたくてたまらなかったが、ノラはなんとか我慢した。いまのところ不審に思われている様子はないものの、すでにもうずいぶん彼についての質問を重ねている。とはいえ、心の中でその疑問について考えるのは自由だ。ひとつだけ言えるのは、彼は孤独に見えるということだ。ひとりでいるのが好きなのだろうか。それとも社交界から追放されたノラと同じように、牢獄にとらわれているような気分なのだろうか。

けれどもいくら考えても、その答えをノラが知る日は来そうになかった。


お茶会が終わりに近づくにつれ人がますます増えてきたのを見て、タイタスは客間をあとにした。だが屋敷の外には向かわず、ブランデーを一杯飲もうと階段を上がって義父の書斎に行った。

グラスがほぼ空になった頃、階下の喧騒が聞こえなくなった。ようやくお茶会が終わったのだとほっとした。よかった。これで誰にも会わずに帰宅できる。

だが、ミス・ロックハートには会いたかった。

お茶会中にちらちらとミス・ロックハートを盗み見て、そのうちの何度かは目が合った。笑ったりおしゃべりをしたりしている彼女はじつに魅力的で、姿勢がよく表情が豊かな様子から、頭の回転が速く知的であることがうかがえた。途中で感じの悪い女ふたりに話しかけられていたが、彼女たちの面白みのなさに比べてミス・ロックハートのなんと輝いていたことか。

書斎の扉が開いて、義母が入ってきた。タイタスを見てうれしそうに笑う。「最後までいてくれたのね」

これほどうれしそうにしてくれるのなら、そうしたかいがあった。

義母が熱心に続ける。「また来てくれると期待してもいいのかしら？」

「どんなことでも期待するだけなら可能ですからね」だが必ずしも実現するとはかぎらない。今日のお茶会では、終わりに近くなればなるほどタイタス目当ての客が増えたようだった。おそらく最初のほうに来た客たちが、次の訪問先で彼がいるという話を広めたのだろう。

「この先も、こんなふうに大勢の人たちに押しかけてほしいんですか？」

黒っぽい髪の義理の母が首をかしげてため息をついた。「そうねえ。それはちょっといただけないけれど。これからもこんなふうに来てくれないなんて残念だわ。周りの人たちがくだらないことを言っても、無視すればいいのよ。わかっているでしょう?」

タイタスは目をしばたたいた。「ええ。ただ不愉快なだけです。それに重荷になりたくないので」

「気を使ってくれてありがとう。でも、ちっとも重荷じゃないわ。ほんの少し面倒なだけ。あなたが閉じこもっている殻から少しでも出てきてくれるなら、そんなことといくらだって我慢しますとも」

タイタスは殻をまとっているのではない。理不尽さに満ちた社交界から自分を守るため、頑丈な要塞を築いているのだ。社交界の人々のえらそうで気取っているところや、ゴシップ好きなところや、浮ついた行動は大嫌いだ。しかし、そんなことを誰かと議論してもしかたがないので話題を変えた。「あたらしいコンパニオンはなかなか感じのいい女性ですね」なんとつまらない感想だろう。ミス・ロックハートは石炭の中にひとつだけまじったダイヤモンドのように、圧倒的な輝きを放っているというのに。

「彼女のことはとても気に入っているのよ」そう言ったあと、義母が真顔になった。何か重要な話をするつもりなのだろう。「じつはね、コンパニオンとしてではなく、社交界にきちんと復帰してみないか勧めてみるつもりなの」

「どういうことです? ミス・ロックハートのうしろ盾にでもなるつもりですか?」

義母はうなずいた。「ええ。彼女は一度、幸せな未来を手に入れる道を閉ざされたわ。その機会をもう一度与えてあげたいと思って」

タイタスはうっかり余計なことを言ってしまわないよう、ぐっと歯をかみしめた。ミス・ロックハートの過去をよく承知していると、義母には知られたくない。彼女が幸せな未来を奪われた責任は彼にもあるのだと。ミス・ロックハートが過ちを犯したのはたしかだが、与えられた罰は不当に厳しいものだった。

義母が言葉を継ぐ。「それでね、あなたの今年のダンスの相手に彼女はどうかと思って」

思ったとおりだ。毎年タイタスは、社交界でうまくやっていくためのひと押しが必要な女性をダンスの相手に選んでいる。それは六、七年前の義母の思いつきからはじまった。義理の息子も崇高な目的のためなら頼みを断れず、たったひと晩にせよ閉じこもっている殻から出てくるだろうと彼女は考えたのだ。タイタスがその案にのったのはひとえにミス・ロックハートに対する罪悪感からで、彼女の不幸にひと役買った罪を少しでも償おうと続けてきた。

そしていま、ミス・ロックハート本人を助けられる機会がめぐってきた。

それなのに、どうも気が進まない。どうしてなのだろう。九年前の件にかかわっているからだろうか。それとも、彼女に否応なく惹きつけられているからだろうか。だがそのどちらも断る理由にはならない。タイタスには彼女と踊る義務がある。

「わかりました」

義母は緊張を解いて体の横に手をおろすと微笑《ほほえ》んだ。「ありがとう」

「ところで、ミス・ロックハートにどんな将来を用意してあげるつもりなんです？　彼女は結婚したがっているんですか？」

「そう思うけれど、まだ話しあったわけじゃないわ。今日の午後にノラを見て、思いついたばかりだから。彼女にわたしたちの助けが必要な理由をあなたは尋ねないけれど、話しておくわね。九年前、彼女は社交界から追放されたのよ。あのヘイウッドとふたりきりで親密にしているところを人に見られて」義母は鼻にしわを寄せた。「それ以来ずっと田舎に住んでいたものの、最近お父さまが財政的に行きづまってしまったそうで、自活の道を探していたの。ノラはすばらしいコンパニオンだわ。一緒にいられて楽しいけれど、彼女は自分の家族を持って幸せになるべきだと思う」

義母の目には強い意志がみなぎっていた。かつて夫もわが子も失った彼女は何ごとも当然と受け取らず、いつも他人を助けようとしている。「あなたは本当にやさしい人ですね」

タイタスは心から言った。

「ちゃんとした人間なら誰だってすることをしているだけよ」レディ・サターフィールドは背中を伸ばすと、彼と目を合わせた。「もうひとつききたいことがあるのよ。あなたはどうなの？　今年の社交シーズン中に結婚相手を見つけようと少しでも思っている？」

タイタスはグラスに少しだけ残っていたブランデーを一気にあおってむせそうになり、

咳《せ》き込んだ。「結婚はふさわしいと思える女性と出会ったときにすると、ずっと言っているじゃありませんか」

義母が憤慨して彼をにらんだ。「一年に一度しか女性と出会える場に赴こうとしないのに、どうしてそんな人と出会えるの？　領地のある湖水地方で花嫁を見つけようと思っているのなら、話は別だけれど」

ロンドンではタイタスはできるかぎり屋敷に閉じこもっている。そして先祖から受け継いだ領地では、近隣に若い女性がいたとしてもまったく気づいていなかった。義母の質問に対しては、そんな女性と出会うことはまったく期待していないと返すしかない。「あなたはぼくに結婚してほしくてしかたがないようですが、ぼく自身は結婚になんの利点も見いだせません」

レディ・サターフィールドがため息をついた。「そうなんでしょうね。しつこく言ってごめんなさい。でもこれは母親としての務めだから」

母親。

彼女は小さい頃からずっとタイタスのそばで、あたたかく寄り添っていてくれた。干渉しすぎず、ほどよく叱責と助言を与えつづけてくれた。父が死んだときは、妻である彼女ももちろん打ちのめされていたのに、立ち直れないほどの衝撃を受けたタイタスを支えてくれた。やけになって放蕩に身を持ち崩したり体を壊すほど賭け事や酒にのめり込んだりせずにすんだのは、義母のおかげだ。彼が若さにまかせて遊びまわっていたことや、父の病気がどれほど深刻かちっとも理解していなかったことを、義母は責めようとはしなかった。ただ辛抱強く愛情を与え、自らの悲しみを分かちあってくれた。

「感謝しています」タイタスは静かに言った。

レディ・サターフィールドが彼の腕に触れる。「わたしはあなたを誇りに思っているわ。結婚しても、しなくても。お父さまだって、きっとそうだったはずよ」彼女は五歳だったタイタスの心を開いた、やさしくおだやかな笑みを浮かべた。

彼は空になったグラスを食器棚の上に置き、義母の頬にキスをした。「では、舞踏会で」

九年前の過ちを正し、もっと早く手を差し伸べるべきだった女性を救うのだ。そうしたら、いつもどおりの静かな日常に戻れる。そのときにはもう一〇年近くも心を縛っている鎖から解き放たれていることを、タイタスは祈った。

4

ノラはもうすぐ階下ではじまる舞踏会への期待で心臓が激しく打っているのを感じながら、鏡に映った自分を見つめた。横を向いて、金色のサテンのドレスの美しいドレープにうっとりする。鏡の中の彼女は優雅で洗練されており、本当に久しぶりに自分を美しいと感じた。すべては二度目のチャンスを与えてくれたレディ・サターフィールドのおかげだ。

三日前のお茶会のあと、社交界に復帰する気はないかときかれたときのことを、ノラは思い返した。

公園に出かける準備をしていると、お茶会での振る舞いに感心したとレディ・サターフィールドから褒められた。「とても生き生きしていたわ。このままただのコンパニオンで終わるなんて、もったいない。社交界に復帰して、あなたが当然手に入れているはずだった立場を獲得するのよ。結婚相手を見つけて。もちろん、あなたが望めばの話だけれど。どう、結婚したい？」

ノラは一瞬何を言われたのか理解できず、雇い主を見つめた。けれどもようやく口がきけるようになると、何度もつかえながら懸命に返した。「も、もちろんです。ここ何年かは結婚について考えることもなくなっていましたけれど、以前は結婚したいと思っていました」

「では、その願いを実現させられるようにお手伝いするわ」

「でも……もう遅すぎると思いませんか？　過去の汚点がなかったとしても、行き遅れと言っていい年齢ですもの」

レディ・サターフィールドはきっぱりと首を横に振った。「遅すぎるなんて、とんでもない。あなたはとても知的で社交的で魅力的ですもの。花婿候補を探すのに、わたしたちが苦労するとは思えないわ」

伯爵夫人が自分も積極的にかかわるつもりであるかのように〝わたしたち〟と言ったのに気づいて、ノラは真意を確かめることにした。世間から冷たい仕打ちを受けてきたので、相手の提案を鵜呑《うの》みにはできない。「わたしのうしろ盾になってくださるということですか？」

「ええ、もちろん。そうさせてもらえたら光栄よ」レディ・サターフィールドが熱意にあふれた笑みを浮かべた。

ノラは涙がこぼれそうになるのを必死でこらえた。もう一〇年近く、レディ・サターフィールドほど親切な人間とは会っていない。いや、この一〇年だけではなく、母親が亡くなって以来こんなにやさしくされるのははじめてだ。

そう思うとふたたび涙が込みあげ、激しくまばたきをした。せっかくこんなに美しく装っているのだから、泣いて赤くなった顔で下におりるわけにはいかない。メイドが技を凝らしてノラの波打つ髪を最新流行のシニヨンにまとめ、顔を縁取るようにカールを垂らしてくれた。いまはレディ・サターフィールドの部屋へ、仕上げに使うリボンを取りに行っている。メイドは女主人と一緒に戻ってきた。光沢のある黒いリボンで縁取りをしたワインレッドのドレスに身を包んだ伯爵夫人は、いつものようにとても洗練されている。

伯爵夫人が口に手を当てた。「まあ、お姫さまみたいにきれいよ」

ノラはわくわくしているのを無理に隠そうとはしなかった。「本当に、わたしもそんな気分です」

レディ・サターフィールドが楽しそうに目を輝かせながら手をおろした。「お姫さまにはすてきな宝石がなくてはね。ほら、あなたに貸してあげようと思って持ってきたの」差しだした手には、金線細工の蝶の形をしたイヤリングとおそろいのペンダントがのっている。

ノラは思わず息をのみ、すべてにおいて気づかってくれる伯爵夫人に感謝せずにはいられなかった。「なんて美しいんでしょう。ありがとうございます」

レディ・サターフィールドはメイドがノラの首にネックレスを留めるのを見守った。「さあ、心の準備はできた?」

「はい」そう答えたものの、ノラは不安だった。もしみんなに受け入れてもらえなかったら？　お茶会では彼女の過去に面と向かって触れたのはレディ・ダンだけだ。ほかには意地の悪いふたり組のせいで、場違いだという気分にさせられたくらいだ。でも、舞踏会はお茶会とはまったく違う。誰かにダンスを申し込んでもらえるだろうか。もしかしたら壁の花で終わるかもしれない。オールドミスの壁の花になどなったら最悪だ。

とはいえオールドミスという部分に関してはどうすることもできない。二七歳という年齢で結婚していないのは事実なのだから。とはいえ、そんな現状を変えられるかもしれない。結婚して家族を作るというかつての夢を実現できる可能性が出てきたのだ。

「こんな機会を与えてくださって、なんとお礼を言えばいいのか」メイドにイヤリングをつけてもらいながら、ノラは言った。「こんなに幸運でいいのかしらと何度も思わずにはいられません」

イヤリングをつけ終えたメイドは、次に髪の仕上げに取りかかった。ノラの頭にリボンをかけ、赤褐色のカールのあいだに留めつけていく。それが終わると、レディ・サターフィールドは完璧だわと言ってメイドをさがらせた。

ノラとふたりだけになると、レディ・サターフィールドは悲しげな笑みを浮かべた。「昔、娘がいたの。でも小さいときに亡くしてしまって、成長した姿を見ることも、社交界にデビューさせてあげることもできなかった。この前のお茶会では、あなたの成熟した振る舞いとまばゆい魅力に驚いたわ。娘が生きていたら、あんなふうになっていたと思いたい」伯爵夫人に面と向かって褒められて、ノラはまたしても込みあげる感情にのまれそうになった。「きっとすてきなお嬢さまになっていましたわ。お母さまに似て」わたしと違ってばかなまねなどしなかったでしょうとつけ加えようとして思いとどまった。過去にこだわりすぎるのはよくない。あのあと、過去についてはじゅうぶん反省してきた。

「ありがとう。ばかみたいでしょう。ばかみたいだけれど、こんなに時が経ってもまだあの子が恋しいの」

ばかみたいだなんて、ちっとも思わなかった。ノラだっていまも母親が恋しい。「先に逝った人たちは、いつもわたしたちのそばにいてくれるんだと思います。目には見えないかもしれませんが。少なくとも、わたしは母についてそう考えてきました」

「とてもすてきな考え方ね。わたしもそう思うわ」レディ・サターフィールドは扉のほうに向きを変えた。「さあ、行きましょうか」

「はい」ノラは伯爵夫人のあとからタウンハウスの最上階にある小さな寝室を出た。そこは上級召使いや子どものための部屋だったが、ほかにどこもあいていなかったのだ。けれどもレディ・サターフィールドは寝心地のいい四柱式ベッド、優雅なベッドカバーや天蓋、詰め物をした椅子、小さな書き物机といった家具をそろえて、快適にしつらえてくれていた。それに衣装戸棚や鏡ももちろんある。狭い部屋にすべてが詰め込まれているので、ややごちゃごちゃしているが、ノラには文句などなかった。すでに妹と父には自分がどれほど幸運かを書き送っており、ジョーはすごく喜んでくれた。父からは返事がないが、羊牧場にあるコテージに引っ越して、まだ落ちついていないのだろう。

階段をおりて客間に足を踏み入れたノラは息をのんだ。きらびやかな舞踏室に変貌していたのだ。

奥の小さな居間とのあいだにある両開きの扉を開いて、広い空間を確保してある。置いてあった家具はその日の朝に運びだされていた。マウント通りに面した三つの掃きだし窓は、出席者たちが小さなバルコニーに出て涼めるよう開け放たれている。あちこちに飾られた生花や明るく燃える蠟燭《ろうそく》が、優雅で洗練された雰囲気を醸しだしていた。

奥の部屋には客間にあった家具や、あとで使うビュッフェ用のテーブルが置かれていた。いまテーブルの上にあるのはウェルカムドリンクのラタフィアで、あたたかくなりつつある季節にぴったりの飲み物だ。ここでも部屋にこもる熱気を逃がすために、庭に面したテラスへと続くふた組の扉が解放されている。

サターフィールド卿がうしろに執事を従えて客間に入ってきて、それからほどなくして舞踏会が幕を開けた。ダンスは夜の早い時間にはじまると、ノラは事前にレディ・サターフィールドから聞いていた。夜遅くなればなるほど人が増え、込みあった会場で踊るのが難しくなるからだ。毎年の慣例でサターフィールド伯爵夫妻が最初のダンスをリードするという。

それからの三〇分間、ノラはものすごい数の人々に引きあわされたが、まだその誰からもダンスを申し込まれていなかった。とはいえ最初のダンスがはじまるまではまだ少し時間があるので、幸運が訪れる可能性がないとは言えない。

「エレノア！」いきなり左側からレディ・アバクロンビーの高い声が響き、ノラはびくっとした。

もしかしたら、幸運ではなく悪運が訪れたのかもしれない。

ノラは部屋の奥にある扉のそばで振り向いた。外から入ってくるわずかな風に当たっていたのだ。「こんばんは」

金髪に美しい光を放つ真珠を編み込んだレディ・アバクロンビーが、ノラのドレスに目を留めた。視線を走らせたあとで口元をかすかに引き結んだ様子から、不快そうな雰囲気が伝わってくる。「わたしもその色のドレスを持っていたわ。そうね、二年前だったかしら」

暗に込められた侮辱にもちろん気づいたけれど、ノラは無視した。これくらいのことで動揺したりしない。

レディ・アバクロンビーが視線をそらして息をのんだ。「彼だわ」

ノラが振り返ると、テラスから入ってきたケンダル公爵の姿が目に入った。〝禁断の公爵〟だ。どうやら庭からテラスに上がってきたらしいが、どうしてそんなふうにこっそり入ってきたのだろう。

真っ白なクラヴァットとシャツ以外は黒々とした衣装に身を包んでいる。まさに〝禁断〟という感じだ。侵入してみようという気を起こすことすら許さない、まさに難攻不落の要塞だった。

昨日のお茶会のときと同じように、彼の目がノラの目をとらえた。そのとたん、今度こそ彼女は落ちつきを失った。

けれどもいやな感じではなく、わくわくするようなスリルに満ちた感覚が背中を駆けのぼった。

ケンダル公爵はノラに興味を持ったことを隠そうともせずに見つめている。焼けつくような視線が彼女の体へとおり、称賛するように留まった。すでに火照っていた体が――そもそもそれを冷やそうと、外気が入ってくる場所に立っていたのだ――一気に熱く燃えあがる。

「公爵と知りあいなの？」レディ・アバクロンビーが信じられないとばかりにノラを見つめ、小声で尋ねた。

「あなたは？」ノラは皮肉を込めて問い返し、すぐに後悔した。レディ・アバクロンビーにきつく当たりすぎたと思ったからではない。彼女の挑発にのるべきではないとわかっていたからだ。

「わたしはデビューした年に会ったわ。あなたも同じ年にデビューしていたけれど、彼とは交友関係が重ならなかったんじゃないかしら」レディ・アバクロンビーが声をひそめるのをやめる。「まさか、ヘイウッドと重なるとも思っていなかったけれど」

ノラは思わず身をかたくした。

「彼は今夜ここに現れるかもしれないわね」レディ・アバクロンビーが考え込むように言う。「あなたに挨拶したいと思っているはずよ」その言葉には、遠まわしな皮肉ではなく、あからさまな悪意がこもっていた。

レディ・サターフィールドはヘイウッドを招待しておらず、彼が現れることはけっしてないとわかっていたので、ノラは愛想よく微笑んで背筋を伸ばした。一五センチは背の低いレディ・アバクロンビーを思いきり見おろす。「彼は今日、絶対に現れないわ。この舞踏会はお客さまを選んだ限定的な催しですもの。あなたが招待されていたことさえ、ちょっと驚いているくらい。手違いがあったのかもしれないけれど、そんなことは二度とないでしょうね」

レディ・アバクロンビーは怒りに鼻息を荒くしたものの、次の攻撃を繰りだす前にケンダル公爵がすばやく近づいてきて、ノラに腕を差しだした。「ミス・ロックハート、最初にあなたと踊る名誉はぼくに与えてもらえるはずでしたね」先ほど絹のドレスを身につけたときと同じように、彼の低いバリトンの声が彼女の肌をなでるように包んだ。

「ええ」ケンダル公爵が絶妙なタイミングで現れたことに、ノラは込みあげる喜びを感じた。

レディ・アバクロンビーを見もせずに、彼と一緒にダンスフロアへと向かう。彼女が衝撃を受けているのは、わざわざ目を向けなくてもじゅうぶん伝わってきた。

いけない、なんという態度を取ってしまったのだろう。その昔、こういうささいな判断の誤りが重大なトラブルにつながったのだ。しかも〝禁断の公爵〟の前で、それをやってしまった。「レディ・アバクロンビーにはあとで謝らなくては」

「どうしてそんな必要がある？」

ノラはケンダル公爵を見あげて目をしばたたきながら人混みを抜けていった。客間へ向かうふたりの前に、魔法のように道が開ける。「失礼な態度を取ってしまったからよ。舞踏会に招待する人を決めるのはレディ・サターフィールドなのに、口出しできるようなことをほのめかしてしまったわ。伯爵夫人にもお詫《わ》びしなくては」

「そんな必要はない。義母はきみがやり返したことを称賛するだろう。それに、あそこできみが何も言っていなかったら、あの陰険な女にぼくが代わりに通告していただろう。今後サターフィールド家では歓迎されないとね」

ノラは驚いて彼を見つめた。「レディ・サターフィールドがわたしの態度を称賛するですって？」

ケンダル公爵の視線もその答えも揺るぎなかった。「心からね。ぼくと同じように」

ノラは体が震えそうになるのを抑えた。レディ・サターフィールドが全面的に支援してくれるだけでなく、いまや〝禁断の公爵〟も彼女を支持してくれている。心の内を吐きだして、理解してもらいたいという思いが急に込みあげたが、自制しなければならないとノラは自分をいましめた。けれども、これほど魅力的な公爵のそばにいると、それは簡単なことではない。

「ぼくたちも位置につかなくては」ケンダル公爵に導かれてノラがダンスフロアに出ると、サターフィールド伯爵夫妻がすでに列の先頭に立っていた。ふたりは二番目の位置につく。ノラは公爵にうながされて、レディ・サターフィールドの隣に立った。にわかごしらえの舞踏室の奥の隅にいる楽師たちが演奏をはじめると、胸にパニックが広がった。ダンスのステップを覚えているだろうか。みんなの前で恥をかいてしまうかもしれない。いや、悪くすれば公爵まで笑いものにしてしまう可能性がある。

ノラは自分がいてはいけない場所に紛れ込んでいるような気がした。きっとすぐに誰かから指を差され、出ていけと言われるに決まっている。自分は社交界から追放された身で、この場にいていい人間ではない。ましてや公爵と踊れるような女ではないのだ。

しかし逃げだすにはもう遅すぎた。ダンスはすでにはじまり、並んだ男女は客間を進みはじめている。一曲目のダンスはかなり長いので、それが終わるまでノラはみんなに見つめられ、噂されるのだ。すでに周りの人々がささやき交わしている声が聞こえる。世間の悪意が枯草についた火のように広がっていくさまが、目に見えるようだ。

〝公爵の今年の相手を見て。あれはいったい誰なの？〟

〝覚えてない？　九年前に醜聞を起こしていなくなった人よ〟

〝まあ、そんな人がここに？〟

サターフィールド伯爵夫妻が踊りだし、ふたつの列のあいだを抜けていく。ふたりの動きは年のわりに活発だ。

ノラは不安になって公爵を見あげた。「レディ・サターフィールドはダンスがとてもお上手なのね」

「たしかにそうだ」彼の声の深く豊かな響きに、ノラは心が落ちつくのを感じた。「義母はいつも先頭に立って踊りたがる。この一曲しか踊らないんだが」

ノラはうなずいた。ダンスは通常、若者たちのためのものだ。

彼女はケンダル公爵を見つめるまいとしたが難しかった。彼は正面にいるし、ダンスはパートナーと目を合わせて踊るものだ。けれども見つめるだけならともかく、口をぽかんと開けたりしたらいただけない。そう、彼は油断すれば思わず見とれてしまうほどの男性なのだ。〝禁断の公爵〟というあだ名がぴったりで、まさに別世界の人間だ。ただしそれは超自然的な印象を受けるということではなく、彼の荒々しささえ感じさせる物腰が社交界の制約の枠をはみだしているという意味だ。

けれども、というより、だからこそ、ケンダル公爵は盛装をとても無造作に着こなしている。とはいえ乗馬用の半ズボン《ブリーチズ》やブーツをはいているときのほうが、ずっと彼らしいに違いない。湖水地方で馬を駆っている姿が脳裏に浮かび――彼の領地がそこにあることは聞いている――力強い腿で馬の背を締めつけ、馬と一体となって躍動するその姿に、ノラはうっとりした。

なんということだろう。いったいどこからこんな想像がわいてきたのか。

ふたりが列のあいだを通り抜けながら踊る番になった。ノラはステップを覚えているように祈りながら音楽に集中し、ケンダル公爵に近づいた。

「まるでギロチン台に向かっているような顔だな」彼がノラだけに聞こえる声で言った。

「そんな顔をしている?」ノラは笑おうとしたものの、傷ついた小鳥がたてるような声になってしまった。彼はどうして自分を選んだのだろう。きいてみたいと思うそばから、レディ・サターフィールドに頼まれたのかもしれないという考えが頭に浮かんだ。それが答えなら、知りたくない。

「たかがダンスじゃないか」

あまりにもばかげた言葉に、ノラの唇は思わずほころんで不安な気持ちが少し静まった。

「一年に一度しか踊らない〝禁断の公爵〟とのダンスが? そうね、そうとも言えるわ。緊張を解こうとしてくれてありがとう」

ケンダル公爵が喉の奥でたてた笑い声が、話し声と同様にノラの体の芯まで響いた。そこから広がった震えに肌が粟立《あわだ》ち、胸がじんわりとあたたまる。「緊張なんかする必要はまったくないさ。それも、ぼくなんかのためにね」彼は最後の部分をあまりにも淡々とした口調で言った。

「あなたならそんなふうに片づけられるんでしょうけれど、わたしは長いあいだロンドンを離れていた、ただの田舎者だから」

「きみには〝ただの〟なんて形容詞は当てはまらないが、反論するのはよしておくよ。ダンスの最中に言いあいをするのは無粋の極みだからね」

今度はノラも自然な笑い声が出た。「たしかにそうね」

ダンスルートの中間地点を通過しながら、ケンダル公爵がノラのウエストに腕をまわした。もう片方の手は頭上でつないでいる。彼女は公爵の声と同じく彼の感触にも魅了され、違う世界へと運ばれていったような心地になった。自分がオールドミスでも鼻つまみ者でもなく、ひとりの魅力的な女性である世界に。

ケンダル公爵がつないでいた手を離すと、ノラは失望に胸が痛くなった。もう片方の腕をウエストから離されたら、失望はもっと深くなるだろう。けれども彼はウエストから腕を離す一方、反対の腕をノラの体に置いて、手袋をはめた手を滑らせながら彼女の周りをまわった。列の端まで行くと、彼は足を止めてノラと向きあった。ウエストに滑らせていた手を離して彼女の手を取り、所定の位置へ導く。そこでふたたび彼女と向かいあって立った。

一連の動きはあっという間だったが、ノラは頭の中で何度もそれを反芻《はんすう》した。彼女の体をなめらかに滑っていった手の動きや、耳にかかった息の感触や、向かいあって手を取ったときの熱いまなざしを。

なんてばかなのかしらと、ノラは自分を罵った。ケンダル公爵は熱いまなざしを向けてなどいない。彼が言ったとおり、たかがダンスだ。頭がくらくらするほどすばらしく、これから数えきれないほど思いだすだろうが、それでもたかがダンスなのだ。

「社交シーズン中、ロンドンでは何をしたいと思っているのかな？」ケンダル公爵の質問に、ノラは虚を突かれた。自分が〝禁断の公爵〟に何を期待していたのかはわからないけれど、こんなふつうの会話でないのはたしかだ。

今度は非の打ちどころのない淑女として、誰からもうしろ指を指されないようにしたい。そんな答えが即座に浮かんだが、どうしてそう思うのか彼に説明したくなかった。「伯爵夫人と一緒に馬車で公園に行ったり、よそのお宅を訪問したり、舞踏会やパーティーで壁の花になったり……」最後の部分は自嘲を込めて言ったが、実際そうなるのではないかとノラは不安だった。

ケンダル公爵がくっきりと濃い眉を持ちあげた。「壁の花にはならないさ。ぼくと踊ったからね。これからはみんながきみと踊りたがる」

ノラはその言葉を信じたものの、今度はほかの誰と踊っても彼と比べたらさえなく感じてしまうのではないかと心配になった。

次の組が列のあいだを踊りながら進んできて隣についた。

するると会話の内容を彼らに聞かれてしまうという状況に陥った。音楽に負けないように話そうと思うと、声をひそめられないのだ。それまでもケンダル公爵の両親にはもちろん会話が聞こえていたはずだが、他人に聞かれるのとは違う。ノラはもうひと言もしゃべりたくなかった。いま話したい内容が、彼のきわめて個人的な部分に関係しているからかもしれない。どうして〝禁断の公爵〟などというあだ名がついたのか、彼自身はそのことについてどう思っているのか、知りたくてたまらない。しかし当然、そんな質問をできるわけがない。

ノラの頭の中に渦巻いている質問が、ようやくひとつだけ口から出た。「この曲が終わったら、あなたは帰ってしまうの？」今回も質問したとたんに後悔した。「ごめんなさい。わたしには関係ないわね」

「いつもならそうするんだが、今日はもう少しとどまろうかと思っている」その言葉どおり、ケンダル公爵の視線がしばらくノラの上にとどまった。彼女はくすんだベルベットのような質感のエメラルド色の目にうっとりと見入った。

ダンスは続き、ふたりはそれから何度か社交的な会話を交わした。ノラは彼と踊る心地よい感覚に身をゆだねていたが、それは確実に終わりに近づいていた。最後の組が、列のあいだを進みはじめている。

「もうすぐぼくたちのダンスは終わりだ」ケンダル公爵が言った。

「何曲か続くのではないの?」

彼は首を横に振った。「いや、違う。最初は一曲だけなんだ。義母の希望で」

そんなこととはまったく知らなかったノラは、予想以上にがっかりした。音楽がゆっくりと終わり、踊っていた男女がパートナーに向かってお辞儀をする。ケンダル公爵が腕を差しだしたので、ノラは手をかけた。彼と踊る機会は二度とないのだから、この瞬間を大切に味わうしかない。

ケンダル公爵がノラを連れて休憩室に向かうと、今度も呪文でも使ったかのように群衆が分かれて道が出現した。だが呪文がなくても、公爵には人々が思わず従ってしまう威圧感が備わっている。

ふたりが壁際に座っていたレディ・ダンの前を通ると、彼女の目には称賛の色が見て取れた。少なくとも、レディ・ダンはノラに好意を持ってくれているようだ。ケンダル公爵が立ち去ると、レディ・ダンはノラを呼び寄せた。

「よくやったわね。いまは人が大勢いるから、もっとひとけのない場所で会ったときに、ケンダル公爵とのダンスについて教えてちょうだい。細かいところまで詳しくね。彼があなたを誘った理由も何もかも」

その理由はノラにもわからず、今後いつまでも頭を悩ませることになりそうだった。公爵と踊れた喜びに、ただ浸っているとき以外は。

5

義母に対する義務を果たしたタイタスは、階段を上がってサターフィールド卿の書斎に向かった。下に集まっている愚かしい人々から、とにかく逃れたかった。ただし全員が退屈というわけではない。中でもあるひとりには、かなり心惹かれている。

隣りあう義母の居間からは、女性たちが出入りする音が聞こえた。どうやら化粧直し用の部屋として開放されているらしい。赤褐色の髪と魅力的な笑みを持つミス・ロックハートもいるのだろうか。

義母の舞踏会でのダンスは毎年の義務でしかなかったが、今年はかつてないほど楽しかった。ミス・ロックハートは痛快なほど率直だ。人を非難することしか能のない女をやり込めたときは、笑いを抑えるのがやっとだった。気を許せるごく少数の人間をのぞいて、これほど居心地よく誰かと過ごせたのは本当に久しぶりだ。いや、はじめてと言ってもいいかもしれない。

そもそも、タイタスが気を許せるわずかな人間とは誰を指すのだろう。もちろん、まず義母。それからサタ－フィ－ルド卿。レイクムアの家令。ロンドンでの秘書。あとは近侍と執事を加えてもいいかもしれない。レイクムアの厩頭《うまやがしら》も。若い頃なら、当時つるんでいた仲間たちも含めていただろう。だが放蕩生活を捨てたとき、彼らとは袂《たもと》を分かった。彼らの一部は少し成長したが、残りはいまも変わらず放蕩にふけっている。当時の仲間の何人かとはいまでも友好的な関係を保っており、会えば政治やそのほかの話題について論じあうものの、もはや友人と呼べるような親しい間柄ではない。

たしかにタイタスは、人との関係を断って生きている。だが義母が心配しているのとは違って、寂しくはなかった。いまの状態が気に入っているのだ。

義母について考えたとたん、まるで呼び寄せたかのように扉が開いてレディ・サタ－フィ－ルドが入ってきた。「本当にいたわ。あなたがまだ帰っていないとハ－レイから聞かされたときは、信じられなかったけれど」

タイタスはこの部屋に上がってくる前、サタ－フィ－ルド家の執事と短く言葉を交わした。執事はタイタスがお茶会に現れたときも驚いていたが、今日義母への義務を果たした彼がすぐに帰宅しないと知ったときも仰天していた。

タイタスは肩をすくめ、義父の書斎のキャビネットにあるウイスキ－を注いだグラスを口に運んだ。「しばらく静かな場所に行きたかっただけですよ」

「それは、これからまた舞踏会に戻るということ？」レディ・サタ－フィ－ルドが期待を込めて尋ねた。

　彼はふたたび肩をすくめた。

　義母は首を横に振りながら笑みを浮かべた。「無理しなくていいのよ。ノラと踊ってくれただけで感謝しているから」

　ノラ。タイタスは彼女をこれまでどおりミス・ロックハートとして考えようとしたが、ファーストネームの官能的な響きを味わってしまうと、もうそんなふうには考えられなかった。そこで少なくとも頭の中では、他人行儀な呼び方をするのをやめることにした。

「お役に立てましたか？」

　義母がため息をついた。「正直言って、まだよくわからないの。ノラは次のダンスの申し込みを受けたわ。それにレディ・ダンはノラに対する好意的な態度を明らかにしてくれている。ゴシップ好きなのが玉に瑕《きず》な人だけれど、ありがたいわ」唇の両端をさげる。「でも昔のノラを知っていて、レディ・ダンほど寛大に見守ってはくれない女性たちもいる」

　タイタスは舞踏会に戻り、ノラに意地悪をしてくる心の狭い意地悪女をにらみつけてやりたかった。「たしかにぼくも、そんな女がミス・ロックハートに話しかけているところを見ました。名前は知りませんが、ミス・ロックハートにきいてください。ああいう女は二度とサターフィールド家の敷居をまたがせるべきではありませんよ」

　義母が眉を片方つりあげた。「まあ、あなたったらノラを助けに駆けつける騎士みたいじゃないの」

タイタスはノラの境遇に自分が罪悪感を覚えていることも、恩義を感じている義母の助けになりたいと思っていることも、知られたくなかった。「あなたに言われたとおり、彼女の苦境をなんとかしようとしているだけです」

「そのことには感謝しているわ。それなら、もう少しだけ手伝ってもらえるかしら。二日後に、ブレクサムホールでレディ・フィッツギボン主催のピクニックがあるの。ノラを連れて参加するつもりなんだけれど、あなたも来てくれる？」

タイタスはまったく気が進まなかった。退屈な社交界の催しで午後がつぶれるなんて、考えただけでもぞっとする。そういうものを楽しんでいたときもあったが、いまはそんな時間があったら秘書と打ちあわせをしたり、論文や本をゆっくり読んだりしたい。

だが、参加すればノラに会えるのだ。そう思えば、つまらない催しも退屈とばかりは言いきれない。

「ずっといてくれる必要はないのよ。しばらくいてくれたら、そのあいだにノラに好意的な人や、もしかしたら求婚者になりそうな男性すら現れるかもしれないから。それにあなたが継続的にノラに興味を示しつづけてくれれば、社交界での彼女の価値はどんどん高まるわ」

そのうちノラに求愛する男が現れるだろう。結婚したがっているのだから、当然の流れだ。

それなのに、そんな男を想像すると、タイタスはなぜかいらだちを覚えた。「では顔を出すくらいはしましょう。それでいいですか？」

レディ・サターフィールドの眉が驚きに跳ねあがった。「じゅうぶんすぎるほどよ。断られると思っていたわ」

助ける相手がノラ以外の女性だったら、断っていただろう。だがタイタスは、目標をかなえたいと願う彼女を手助けしなければならないという特別な責任を感じていた。かつて彼女の名誉を失墜させたのは直接的には自分ではないにしても、ヘイウッドのかたわらで焚《た》きつけたも同然なのだから。

「もしかして、ようやくかたい殻の中から出てこようとしているのかしら」義母が肩をすくめ、いたずらっぽく笑う。「妻をめとる可能性だって、ないとは言えないわね」

「先走らないでください」タイタスは残りのウイスキーを飲み干した。

レディ・サターフィールドがくすくす笑った。「そうね。それにいまのところわたしは、ミス・ロックハートのうしろ盾を務めることで満足しているわ。彼女が無事に確固たる未来を手に入れたら、別の娘さんのお手伝いをしてもいいわね。そういうのって元気が出るのよ」表情にちらりと悲しみがよぎる。「イライザが成長した姿を思い浮かべられるから」

イライザというのは、タイタスが一〇歳のときに三歳で亡くなった異母妹だ。レディ・サターフィールドにはそれ以後子どもができなかったので、ノラを社交界に復帰させる計画に熱心になる気持ちは理解できた。タイタスは空になったグラスを食器棚の上に置き、手袋に包まれた義母の手を取った。「悲しい思い出がよみがえってしまうのは残念ですね」

レディ・サターフィールドは彼の手をぎゅっと握り返してから放した。「そんなことないわよ。それに、思い出が一瞬だけよみがえるわけじゃないの。イライザはいつも心の中にいるから」心臓の上を少しのあいだ押さえたあと、肘の上まである手袋を引っ張って整えた。「でも、あなたのことは心配だわ。本当にひとりで幸せなの？」

「じゅうぶん幸せです」こんなぼくでも幸せになるのを許される程度には。そう言いたかったが、口に出せば余計な心配をかけ、いろいろ質問されることになる。「舞踏会の会場から遠ざかれば、すぐに幸せな気分になりますよ」そうだ。それなのに、なぜまだ屋敷を出ていないのだろう。

背筋をぴんと伸ばして決然と顎を上げたノラが、意地悪な女に身のほどを知らせてやっていた姿が脳裏に浮かび、タイタスはひそかに自分を非難した。ここでもう一時間、いやそれ以上も時間を無駄にしている。さっさと紳士クラブへでも自分の屋敷の図書室へでも行っていればよかったのだ。あるいは愛人の腕の中へ。

レディ・サターフィールドが部屋の扉へ向かった。「ごめんなさい。もう下へ戻らなくては。お客さまをずいぶん長いあいだ放っておいてしまったから」敷居で足を止める。「一緒に来る？　それとももう帰るの？」

「帰ります」

「では、おやすみなさい」義母はキスを投げて出ていった。

タイタスはレディ・サターフィールドのあとから部屋を出た。しかし屋敷の裏側の階段をおりながら、本当にこれから愛人のもとへ向かうつもりなのかと自問した。彼女には最初の晩以来、会いに行っていない。もう一週間になるだろうか。ノラと出会う前の日のできごとだ。

歯をかみしめると、タイタスはイザベルに会いに行こうと決心した。ロンドンでの日常に戻らなくてはならない。その生活には、愛人宅への定期的な訪問も含まれる。けれども馬車に乗り込んだときには、美しい高級娼婦のことはすでに忘れていた。代わりに頭の中を占めていたのは、けっして手に入れることのできない女性の黄褐色の目と濃い薔薇色の唇だった。


二日後の晩、ノラはレディ・サターフィールドとともにバンティング卿の屋敷で開かれている夜会に出席していた。大盛況というほどではないが、そこにはノラが予想していたよりもはるかに多くの人々が集まっていた。ロンドンでは人々が娯楽を求め、夜な夜なあちこちの催しに繰りだす。そんなせわしい生活だとすっかり忘れていた彼女は、この九年間がどれほど静かで孤独だったかを痛感していた。

とはいえそれは、こうしてロンドンの喧騒に戻る前からわかっていたことだ。

自分が隔絶された寂しい環境にいることも、その孤独がずっと続くことも、田舎での生活から逃れられるまでは毎日感じていた。でもいざこうなってみると、こんな気違いじみたどんちゃん騒ぎにふたたび身を置いているのが、奇妙に思えてならない。

気違いじみたどんちゃん騒ぎ？　社交界の催しを自分はそんなふうにとらえていたのかと驚いた。

でも、そうだ。ロンドンの社交界は狂気の沙汰としか思えない圧倒的な力を持ったとんでもない場所だと、誰もが知っている。

ではなぜ自分はここにいるのだろう。

この九年間のような暮らしには戻りたくないからだ。父親が財産を失ってしまったいま、望んでも戻れるわけではないけれど。とにかく孤独な生活から脱したいからといって、こんなふうにふたたび当事者として社交界に身を投じる必要はない。コンパニオンとして、地道に働くことで満足するという選択肢もあるのだから。けれども結婚して自分の家族を持ち、静かで快適な生活が送れるようになるかもしれないという誘惑は、あまりにも大きかった。

「ノラ？」物思いにふけっていたノラは、レディ・サターフィールドの声でわれに返った。女性たちは夕食を終えたあと、この客間へ移動してきていた。

ノラは周りの会話に注意を向けていなかったことに気づいて反省した。レディ・サターフィールドに恥をかかせてはならない。「ダンスはいつはじまるのかと考えていたんです」うわの空だったのを隠そうとして言った。

レディ・サターフィールドが一瞬、眉をひそめた。「客間の用意ができたと、レディ・バンティングがいま知らせに来てくださったところよ。すぐに行きましょうか？」

ほかの女性たちも立ちあがりはじめていたので、ノラはごまかそうとして嘘をついたことがばれて内心あせった。立ちあがったノラに、レディ・サターフィールドが顔を寄せてささやく。「気にしなくていいのよ。もし疲れたのなら、今日は早く帰りましょう」

ノラを気にかけ、ささいな変化も見逃さない伯爵夫人に、抱きつきたいほど感謝の念を覚えた。だが疲れたわけではない。ただ……自分でもよくわからなかった。きっと早くダンスがしたいだけなのだろう。ダンスをしょっちゅう楽しめるのがロンドンのいいところで、こういう生活に復帰してよかったと思える点でもある。

「ありがとうございます。でも、もう少し楽しんでいきたいです。ちょっとぼうっとしてしまっただけですから」ノラはレディ・サターフィールドと連れだって居間を出た。

客間に入ったとたん、三人の男性に囲まれてダンスを申し込まれた。全員と踊る約束をすると、彼らは音楽がはじまるときに戻ってくると告げて去っていった。

レディ・サターフィールドは、ノラにうれしそうな顔を向けた。「すごいじゃない。よかったわね」

ノラはなんと答えていいかわからなかった。この前の舞踏会では、ケンダル公爵とのダンスのあと二回踊った。そのとき申し込んでくれた相手には感謝しているが、舞踏会の女主人のあと押しを受ける身だったからこそだと理解している。だが今夜のノラは大勢いる招待客のひとりにすぎないのに、引く手あまたになりそうだ。

ところがロンドンを出ていかなければならなくなったときのいきさつや、その後の何年にもわたる孤独な生活のせいか、素直に喜ぶことができなかった。レディ・サターフィールドを振り返って尋ねる。「どうしてこんなふうに、みんなダンスを申し込んでくるんでしょう」

レディ・サターフィールドは小さく笑った。「あなたが魅力的で知的で、ばかみたいににこにこしているだけのお嬢さんじゃないからよ。それを好ましいと思う男性は大勢いるんじゃないかしら」

サターフィールド伯爵夫妻がどうしてもと言って用意してくれたささやかな持参金も、ノラの魅力の一部となっているのではないだろうか。おそらくそうだろう。でも、世の中とはそういうものだ。人々はさまざまな理由から結婚するし、経済的な利益もそのひとつだ。ノラ自身、結婚によっていまよりもいい社会的立場を確保することを目指している。爵位や莫大《ばくだい》な財産がどうしても欲しいわけではないけれど、快適な生活がしたいとは思っている。

ダンスの最初の相手はマーカム伯爵だった。後退しつつある生え際とあたたかい笑みを持つ三〇代なかばの伯爵で、レディ・サターフィールドによればこの一〇年間を国への奉仕に捧《ささ》げていたが、それを終えたいま妻を探しているという。

ノラはマーカム伯爵と、ロンドンにおけるさまざまな娯楽や戸外での楽しみについて語りあった。彼は親しみやすい人柄で話していると楽しく、時間があっという間に過ぎた。次の相手はミスター・レジナルド・ドーソンで、ノラは彼ともあれこれ話をした。マーカム伯爵より少し若い男やもめの彼には子どもがふたりいて、いやがらずに喜んで母親の役割を果たしてくれるあたらしい妻を探しているのだとざっくばらんに語った。

「難しいことは覚悟しています。できあいの家族を受け入れてくれる女性を探さなくてはならないんですから」

ノラはその立場になった自分を想像してみたが、いやな気分にはならなかった。子どもと接した経験はほとんどないものの、尻込みする気持ちはない。家族を持つことを心から望んでいるのだから。「さあ、どうでしょう」そう言いながらドーソンの腕に手を置いて、導かれるままダンスフロアを出る。「意外とびっくりするような結果が待っているかもしれませんわ」

彼は驚いたように、濃茶色の目をノラに向けた。「そうでしょうか。それならうれしいんですが」

軽食が用意してあるテーブルに連れていかれたノラは、ドーソンからラタフィアのグラスを受け取った。

「踊ってくれてありがとう」ドーソンが笑みを浮かべる。「また会えるのを楽しみにしていますよ」彼が作法にのっとって頭をさげたので、ノラも膝を曲げてお辞儀を返した。

ドーソンが去っていったとたんに近づいてきた女性を見て、ノラは思わずむせそうになった。レディ・サターフィールドのお茶会に来ていたレディ・キップ＝ランドンだったのだ。

思わず相手に警戒の目を向け、尊大なレディ・アバクロンビーが一緒にいないか探す。けれどもありがたいことに、彼女の姿はなかった。

レディ・キップ＝ランドンが口元に不気味な笑みを浮かべた。少なくともノラには不気味に見えたのだが、心から微笑んでいるように思えないことが原因かもしれない。その感覚は、彼女がこう言ったのでさらに強まった。「まあ、また会えてうれしいわ、ミス・ロックハート。すてきなドレスね」視線がノラのドレスに落ちる。それはレディ・サターフィールドが主催した舞踏会で着ていたのと同じもので、レディ・アバクロンビーが流行遅れだとあてこすった淡い金色だった。

ノラの心に、レディ・キップ＝ランドンを少し追いつめてやりたいというよからぬ考えが生まれた。「この色は古くさくないかしら？」そう口に出すやいなや後悔した。彼女たちと同じところまで身を落としてはならない。

レディ・キップ＝ランドンは一瞬、目を見開いた。「あら、まさかそんな。あなたが着ると、とても感じがいいわ。そういえば、マーカム伯爵と踊っているのを見たわ」まるで仲のいい友人のように身を寄せる。「彼、あなたに求愛するつもりかしら」

ノラは相手の意図をつかみかねて途方に暮れた。レディ・キップ＝ランドンはノラを友だちだと思っているのだろうか。

「わたしにはわからないわ」ノラは口ごもりながら返した。「失礼するわね。化粧室に行きたいから」

「どうぞどうぞ。二階に行けば、すぐにわかるわよ」レディ・キップ＝ランドンがぱっと顔を明るくする。「おしゃべりできてよかったわ。たぶん、明日公園で会えるわね！」

ノラは耳がもうひとつ生えてきたかのように相手をまじまじと見つめてしまった。この前の舞踏会の翌日に公園でレディ・キップ＝ランドンとレディ・アバクロンビーに会ったときは、ひと言も話しかけられなかった。いったい何が変わったのだろう。

ノラが化粧室に行くと幸運なことにレディ・サターフィールドがいて、すぐに脇へ引っ張っていかれた。「どう、楽しんでいる？」

「ええ、ありがとうございます。いまミスター・ドーソンと踊ったところです」

「ああ、そうだったわね。彼はどうだった？」

「とても感じのいい方でした」ノラは答えを返すのが一瞬遅れたが、それは彼とのダンスに不満があったからではなく、レディ・キップ＝ランドンの奇妙な振る舞いについてまだ気になっていたためだった。

レディ・サターフィールドはノラが何か考え込んでいることに気づいたらしく、身を寄せると声をひそめてきいた。「何かあったの？」

ノラは部屋を見まわした。隅に置いてあるソファに年配の女性がひとり座っている以外、誰もいない。「レディ・キップ＝ランドンが話しかけてきたんです……友だちみたいに親しげに」

レディ・サターフィールドがいぶかしげな表情を浮かべた。「彼女は何を話したの？」

「マーカム伯爵について尋ねたあと、わたしのドレスを褒め、公園で会えるのを楽しみにしていると言いました」

レディ・キップ＝ランドンとレディ・アバクロンビーのふたりがこの前の舞踏会でノラにどんな態度を取ったか、レディ・サターフィールドはよく承知していた。とくにひどかったレディ・アバクロンビーは、伯爵夫人の招待客リストから永遠にはずされることになった。

レディ・サターフィールドが灰色の目を輝かせる。「わかったわ。レディ・キップ＝ランドンはあなたが人気者になりつつあると気づいたのよ。あなたがマーカム伯爵を含め、何人もの男性の注意を引いたから。彼女はそんなあなたを敵にするより、味方にしておきたいと思ったんでしょう」

ノラはいやな気分になって首を横に振った。「なんて偽善的なのかしら。心から友人になりたいと思っているわけではないのに」

「そうかもしれないわね」レディ・サターフィールドはやさしく言った。「もちろんあなたがいやなら友だちになる必要はないのよ。でも感じよくはしておいたほうがいいわ。そのほうが目標を達成しやすくなるから」

つまり夫を見つけたいのなら、ノラも内心とは裏腹の行動を取らなければならないということだ。若かった頃も、男性に注目され、受け入れられるにはある種の演技も必要だと承知していた。けれども当時よりも年を重ねたいま、自分がそういうことをしたいのかどうか確信が持てず、居心地の悪さは一向に消えなかった。

レディ・サターフィールドがかすかに顔を曇らせた。「まだ納得できない感じね。何かわたしにできることはある？」

ノラは伯爵夫人に心配をかけたくなかった。「いいえ。久しぶりの社交会で、まだ調子がつかめないだけですから」

レディ・サターフィールドはほっとしたような顔になった。「当然よ。これまでとはがらりと生活が変わったんですもの。ちょっと圧倒されて落ちつかない気分になったからといって、心配する必要はないわ。すぐに勘を取り戻せるはずだから」ノラの腕に手を置く。

「でもどんな催しに出席しているときでも、帰りたくなったらすぐにわたしに知らせてちょうだい。あなたが気持ちよく過ごせることが、わたしには一番重要なんですからね」

ノラはうしろ盾になってくれている親切な女性に微笑みかけた。「あなたは天使のような方です」

レディ・サターフィールドが笑った。「夫や義理の息子がそれに同意するかどうか、自信がないわ」

「そんなことはありません。おふたりともあなたを崇拝していますもの」少なくともノラにはそう見えた。

「それはそうかもしれないけれど、だからといってわたしがときどき彼らの忍耐を試すようなまねをしていないわけではないから」レディ・サターフィールドはノラに片目をつぶってみせた。「さあ、待っているからお化粧を直してしまって。それから一緒に下へおりましょう。もうひとり、踊る予定の殿方がいたでしょう?」

ノラはうなずいた。手早く化粧を直し、パーティーに戻る。次の相手と踊りはじめた彼女は、レディ・サターフィールドが言ったとおりになることを祈った。こういう生活にすぐになじみ、心地よく過ごせるようになることを。それなのに、本当はこんな生活は好きではないのではないかという疑いだけが、心の中でふくれあがっていく。

でももしかしたら、そんなことを心配する必要のない夫を見つけられる幸運に恵まれるかもしれない。九年間のうちに慣れ親しむようになった田舎での静かな生活を与えてくれる男性だっているはずだ。たとえばドーソンのような男性が。ケンダル公爵のような〝雲の上の存在〟ではなく。かつては〝雲の上の存在〟との結婚を夢見ていた。そのきらきら輝く夢を、愚かにもつかめると思っていたのだ。

いまのノラはさまざまな可能性とそれらに伴う各種の危険を、きちんと理解している。もう二度と、気まぐれな社交界に翻弄されるつもりはなかった。

6

フィッツギボン卿のロンドンでの住まいであるブレクサムホールは、五〇〇エーカーあまりの敷地に一〇〇年ほど前に建てられたパラディオ様式の壮麗な邸宅だ。ロンドンの街中に近いこともあり貴族たちのお気に入りの社交場となっているが、タイタスは片手で数えられるほどしか訪れたことはなく、とくにレディ・フィッツギボン主催の毎年恒例のピクニックに参加するのははじめてだった。

まずはフィッツギボン夫妻に挨拶をしようとする人々で道に大行列ができており、サターフィールド伯爵夫妻とノラも主人夫妻と短く言葉を交わしたあと、そのまま前に進んでいる。けれども馬に乗ってきたタイタスはまず厩に行き、それから列を避けて歩きはじめた。

ノラは頭を少し傾けていて、ボンネットの幅広の縁が彼女の顔を明るい陽光からもタイタスからも隠している。だが問題はない。直接見なくても、ノラの鼻筋やふっくらとした下唇、あたたかい黄褐色の目がきらめく様子を、彼は思い浮かべることができた。何しろひと晩じゅう彼女の顔が夢に出てきて悩ませられた。よく考えてみると、彼女に対して罪悪感を抱いているせいでこんなふうになるのだ。だから今日ここで務めを果たせば、きっと彼女から自由になれるだろう。

義母たちが列から離れて道沿いに歩きだすのを見て、タイタスもそちらへ向かった。歩いていく彼を見つめる人々の視線を、かすかに意識する。父が亡くなってから、これほど立てつづけに社交界の催しに出席したことはなかった。お茶会に舞踏会、そして今度はピクニックだ。

サターフィールド卿が最初にタイタスに気づき、義母に顔を寄せて何か言っている。レディ・サターフィールドが振り返って呼びかけた。「あら、ケンダル。来てくれてうれしいわ」それからノラに向かって言う。「ノラ、誰が来たかご覧なさい」

ノラが振り返って見あげると、その大胆で表情豊かな黄褐色の目に、タイタスはたちまち魅了された。「こんにちは、公爵さま」

タイタスはノラの手を取って、布地越しに甲に唇をつけた。手袋が邪魔でしようがない。彼女の素肌にキスしたかった。「今日はピクニック日和だ」

たいして意味のない挨拶の言葉は自分の耳にも陳腐に響いた。こういう儀礼的なやり取りを交わすのは、ずいぶん久しぶりだ。

義母が大きな笑みを浮かべる。「本当に、とてもいいお天気ね。レディ・フィッツギボンのピクニックのときにこんなに晴れたのは、はじめてじゃないかしら。ケンダル、一緒に来てわたしたちと座ってね」レディ・サターフィールドは夫の腕を取ると、先に立って歩きだした。

タイタスは腕を差しだした。そこにノラが手をかける。すると彼の体は急に生き生きと目覚めた。なんということだろう。

彼女の魅力から少しでも気をそらそうと、大股で歩きだした。「きみのおかげで義母は忙しくしているようだね」

ノラが向けてきた視線からは、何を考えているのかわからなかった。ききたいことでもあるような表情だが、質問は口にしない。「わたしの服をそろえるのを手伝ってくださっているの。本当に気前のいい方だわ。若い女性の面倒を見るのは喜びだとおっしゃって」彼女は首を横に振りながら、かすかに自嘲するような笑みを浮かべた。「どうしてわたしなんかに、こんなに親切にしてくださるのかしら」彼女が抱えていたのはこれ――どうして自分なのだろうという疑問――だったのだ。

なぜなら、ノラにはそれだけの価値があるからだ。

「きみが選ばれたことに、具体的な理由が必要なのかい？　義母はあふれるばかりの善意を持った人だ。彼女がきみのうしろ盾になりたいと言いだしたことに、ぼくはちっとも驚いていない」

小さな丘の上までのぼりきると、ピクニック会場が目の前に現れた。何十枚もの色鮮やかな敷物が優雅に並べられ、青々とした芝生のあちこちに食事が用意されている。タイタスはノラの肌を覆う手袋を邪魔だと思ったように、彼女とふたりだけの時間を阻む周りの人々を疎ましく思った。だが、そんなふうに感じるのはおかしい。自分がここに来たのは、彼女が社交界の人々に少しでも受け入れられ、結婚という目標に近づけるよう手助けするためだ。過去の行動の償いをするという以外、彼女に個人的な興味も利害関係もない。

タイタスは当たり障りのない会話が続くように心がけた。かつては若い女性たちをウィットに富んだ会話で魅了していたのだから、それくらい難しくないはずだ。いまとなっては別世界のできごとに思えるとはいえ。「前にもブレクサムホールに来たことがあるのかい？」

ノラが信じられないという顔でちらりと彼を見た。「まさか。これがはじめてよ。社交界にデビューしていたといっても、ここに招かれるような人たちの階層にいたわけではないから。ブレクサムホールは〝雲の上の存在〟たちの場所ですもの」

「それはいったいなんだ？」

ノラがくぐもった低い笑い声をあげた。その笑い方を、タイタスは気に入った。「あなたはまさに〝雲の上の存在〟という感じだわ」彼女がふたたび視線を向け、今度はしばらくじっと見つめる。「説明してほしい？」

「いや、意味はわかった気がする」タイタスは顔をしかめたくなるのを我慢した。上流階級の中にさえ厳格な上下関係が存在することは、社交界を嫌う理由のひとつだ。誰と友人になるべきか、つきあうべきか、人に指図されたくはない。誰とダンスをするか、誰と恋に落ちるかも。

実際に、誰かと恋に落ちようとしているわけではないが。

「いやな気分にさせるつもりじゃなかったのよ」ノラが静かに言った。

いやな気分にさせられてなどいない。だが彼女にそう思わせてしまったのは、自分のせいだとわかっていた。もっと感じよく振る舞うべきだった。だがいまのタイタスに、そんなことができるのだろうか。人から笑みを引きだして好意を抱いてもらえるように振る舞うことなど、ずいぶん前にやめている。若い頃はやすやすとできていたのに。何が彼を変えてしまったのかはわかっている。若気の至りで放蕩生活に明け暮れた自分への嫌悪と、かつて友と呼んでいた人間たちへの失望だ。

だがノラは彼らとは違う。彼女が相手なら、肩の力を抜いて防御の壁をさげることができる——もし自分がそれを望むならば。

タイタスはノラの整った横顔を見つめた。

そう、彼は望んでいる。だが行動に移すつもりはない。彼女とほんの少しのあいだしか一緒に過ごさないのだから、そうする意味はない。

「謝らなければならないのはこちらだ。ぼくは人とうまくつきあえないんだ」

「お母さまの舞踏会ではそんなことはないように見えたけれど」

タイタスは苦笑した。「あの舞踏会はもう慣れているからね。覚えているかな？　毎年あれにだけ出席しているんだ」

ノラがふたたび笑い、その響きが一番呼び起こしてほしくないもの——欲望——に火をつける。「覚えているわ。それに覚えていなくても、思いださせてくれる人がたくさんいるし」

今度はタイタスが笑わずにはいられなかった。「たしかにそうだ。みんなに注目されていると思うと、ぞっとするが」

ノラが彼の腕にかけていた手の位置を直す。そのわずかな動きだけで、タイタスは殴られたような衝撃を感じた。「しょっちゅう噂されているの？」

「何を言われてもまったく気にしていないが、そうだな。きみがぴったりの言葉で表現してくれたとおり、ぼくは〝雲の上の存在〟だから。だが世の中には、そうではない人間のほうがはるかに多い。関係ない他人のことに鼻を突っ込んであれこれ言いたてる社交界の人間どもが、いやでたまらないんだ」

彼女の目に賛成の色が浮かんだ。「心の底からそう思っているって感じね」

「知性のある人間なら、誰だってそう思うさ」

ノラが唇をぐっと引き結び、笑いをこらえているような表情になった。「わたしも賛成」

彼の唇の両端が持ちあがって、自然に笑みの形になる。「きみならもちろん、そうだろう」

この前の晩、ノラは鋭い知性と回転のいい頭脳を持っていることをすでに証明した。これまで見ているかぎり、彼女はいままでに出会ったほかの若い女性たちとは違う。

ノラがからかうように目を細めた。まるで誘惑しているみたいだ。「結局あなたは、上手に人とつきあえるみたいね。わたしをこんなに気分よくさせてくれるんですもの」

どうやらタイタスは放蕩者だった頃の手管を忘れていなかったらしい。「たまたまさ」

「あら。わたしを褒めてくれたわけではないの？」ノラは絶対に彼をからかっている。茶目っけたっぷりな声を聞けば明らかだ。

タイタスは彼女の陽気さに好意を抱かずにはいられなかった。「わかっただろう？　ぼくはこういうのが苦手なんだ。さっきだって感じよくしようと思ってお世辞を言ったわけじゃない。そんなまねを誰にでもするわけではないんだ」もういまは。

「あなたのそういうところが……すてきだと思うわ」小声で言ったノラの目は濃い琥珀《こはく》色に輝いていた。

ふたりは道を横切ってピクニック会場に入り、割り当てられている敷物へ向かった。会場は平らな場所に設営されているが、その向こうは小さな湖までゆるやかな下りの斜面になっている。湖岸近くの水面にはボートが数艘《すうそう》浮かび、ピクニックに来た人々が乗れるように従僕たちが待機していた。

ノラが湖を指した。「見て、ボートよ！」彼女の無邪気な喜びように、タイタスはまたしても顔がほころぶのを感じた。

ノラの声を聞いて、レディ・サターフィールドが振り向いた。「あら、ほんと。あなたを連れて乗りに行くよう、ミスター・ドーソンに勧めてみるわ」ノラにいたずらっぽい笑みを向ける。

ドーソン？　ドーソンとはいったい誰だ？

タイタスが今日ここに来た目的は、ノラが社交界に少しでも受け入れられるように助け、昔奪われてしまった機会――夫を見つける機会――を与えることだ。それをもう少しで忘れ、一緒にボートに乗ろうと申しでるところだった。だがもちろん彼女にとっては、ほかの男に乗せてもらうほうがいい。結婚相手になれる男に。それはタイタスには無理なのだから。妻をめとればいまの快適で静かな生活が脅かされるからだが、そもそもノラが彼との結婚を望むはずがない。彼女がいまの境遇に落ちた責任の一端はタイタスにあるのだから。

レディ・サターフィールドが満足げな顔で彼を見た。「ミスター・ドーソンは昨夜、ノラと踊ったのよ。ダンスを申し込んできた方が、ほかに何人もいてね。ノラは確実に人気者になりつつあるわ！」

ノラが顔を赤らめ、タイタスの視線を避けた。「そんなことはありません」

彼は思いきり顔をしかめたくなったが、一瞬顔をゆがめただけでなんとかこらえ、笑顔を作った。「それはすばらしいですね」

「さあ、座りましょう」義母がうながした。

刺激的な感触が伝わるノラの手を、タイタスはしぶしぶ腕からはずした。「ぼくはもう帰ります」

ノラが驚いたようにぱっと彼を見た。がっかりしているのは明らかだ。「帰ってしまうの？」

レディ・サターフィールドが渋い表情を向けた。「もうちょっといてくれると思っていたわ」怒ったように目を細めているので、さらに言い募るつもりだとタイタスにはわかった。いまかあとでかはわからないが。

義父が割って入ったものの、タイタスの願いもむなしく、助け船を出してくれたわけではなかった。「さあミス・ロックハート、わたしたちは座っていよう」そう言ってノラを敷物へ連れていってしまう。

すると義母は、タイタスを敷物から少し離れた誰にも聞かれない場所に引っ張っていった。明らかに、いま話しあうつもりなのだ。「もう少しいられないの？」

「どうしてです？　そのドーソンとかいう男にミス・ロックハートをまかせればいいじゃないですか。しかも、ほかにも彼女に興味を示していた男たちがいたんでしょう？　ぼくはもう頼まれたことは果たしました」

レディ・サターフィールドがかすかに顔をしかめて彼を見た。「なんだか、機嫌が悪いみたい。ミスター・ドーソンが嫌いなの？」

嫌いも何も、その男を知りもしない。だがそいつやほかの男がノラに求愛すると思うと、親指の爪の下に棘でも刺さっているような気分だった。「ドーソンはきっとすばらしい男だと思いますよ」なんとか歯ぎしりをせずに言った。

義母が期待するようにタイタスを見あげた。「もしかして、ミス・ロックハートに興味があるの？」

興味があるという表現はいろいろな場合に使える。ノラと天気や海の色といったたわいもないことについて話したいのか。イエス。彼女と踊ったり小さな湖でボートに乗ったりしたいのか。どちらもイエス。彼女に見つめられ、触れられ、唇を押しつけられたいのか。もちろん、イエス。

タイタスは義父と一緒に敷物の上に座っているノラを見つめた。ここにいても、彼女のつけているライラックの香りが漂ってくるような気がする。

「いいえ」こわばった口調で返しながら、熱くなった体で窮屈に感じるブリーチズを意識した。こうなったら、さっさと退散するしかない。

義母の目を見ると、タイタスの言葉を信じていないのがわかった。だが、ここで言い争いたくはない。「もし興味があるのなら、わたしは賛成するわよ」

もちろん賛成するだろう。タイタスが求愛する相手が洗濯婦だろうと王女だろうと、義母は気にしないに決まっている。彼の幸せだけを願っているのだから。だからこそ義母を愛している。

「帰ります」タイタスは背を向けて歩きだした。

「あとで夕食に来てくれる？」レディ・サターフィールドが質問を投げかけた。

社交シーズン中、週に一度は義母夫妻と夕食をともにしている。だがそれは、ほかに同席者がいない場合だ。いまはノラがいるし、タイタスは明らかにどうしようもなく彼女に惹かれている。「わかりません。読まなくてはならないものがあるので」

レディ・サターフィールドはぐるりと目をまわしたあと、笑みを浮かべた。「読まなくてはならないものがあるのは今日にかぎったことじゃないでしょう。来てくれたらうれしいわ。いつでも歓迎するって、わかっているわよね」

タイタスはノラに一瞥をくれた。自分を見つめていた彼女と目が合って、肺から一気に空気が抜ける。あの生き生きとした美しい目は、彼が許せば心の奥底まで見通すだろう。

だが、ノラに心を明け渡すつもりはない。いつかは女性と人生をともにするとしても、相手をノラにはできないのだ。過去のスキャンダルにタイタスが加担していたと知ったら、ノラは必ず彼を憎むだろう。そうする権利が彼女にはあるのだ。

7

ノラは不安定に揺れるボートの縁をきつく握りしめた。

ドーソンがやさしく笑った。「ようやくこつがつかめてきましたよ」一〇分ほど前にボートに乗り込んでから彼はなかなかうまく漕《こ》げずに苦労しており、ふたりしてこの小さな湖で泳ぐはめになるのではないかと、ノラは内心どきどきしていた。

ボートの揺れがおさまったので、ノラは手の力を抜いた。だが念のため、片手は縁にかけたままにしておく。どうしてこんな無駄なことをしているのかわからなかった。ボートがひっくり返ったら、どちらにしても水に落ちるのは免れない。ケンダル公爵だったらうまく漕げるだろうか。当然そうだろうと、すぐに思った。彼の態度を見れば、何ごとも思いどおりに操れる人間であるとすぐにわかる。小さなボートごときに翻弄されるような男性ではない。

ノラは昨夜一緒に踊ったドーソンに目を向けた。彼は五つほど年上の感じのいい男性だ。妻と死に別れたため、サセックスで待つふたりの子どもの母親になってくれる女性を探している。濃茶色の目にいつも笑みをたたえ、笑い上戸で親しみやすい。

ドーソンが額に落ちてきた明るい茶色の癖毛を掻《か》きあげた。ボートの向きを変えて船着き場に向かおうと必死だ。「申し訳ありません、ミス・ロックハート。残念ながら、スポーツはまったくだめで。チェスやカードゲームがお好きなら、いいお相手になれると思うんですが」

ノラはなんとかボートの揺れを無視しようとした。最初よりだいぶましになったものの、岸に上がったらほっとするだろう。「じつはチェスが大好きです。昔、父に教わったので」母が亡くなり、父が自分の殻に引きこもってしまう前の話だ。

ドーソンがうなずいた。「それならよかった。お手あわせしていただけるのを、楽しみにしていますよ」

その言葉を聞いて、ノラは驚いた。ドーソンはこの先も彼女と会いつづける気があるということだろうか。男女の駆け引きに関して、彼女の腕は悲惨なほどさびついている。そもそも腕と言えるものがあったのかも疑問だが。かつてスキャンダルを起こしたのは、未熟さゆえに夫をつかまえそこねた結果だという解釈も、じゅうぶん成りたつ。

ふたりの乗ったボートが別のボートに接近し、ノラはふたたび両手で船の縁をつかんで体をこわばらせた。「あのボートにぶつからないように気をつけてくださいね」ドーソンも当然気づいているだろうが、万が一そうでない場合を考えて警告する。

ドーソンはボートの針路を変えようと、オールを水に深く潜らせた。「ええ、見えています。ただちょっと……向きを変えるのが難しくて」ボートの方向をほとんど変えられず、顔をしかめている。けれども近づきつつあったボートの漕ぎ手が機敏に対応してくれたおかげで、衝突はなんとか回避できた。そうでなかったらぶつかっていたかもしれない。

二艘のボートは横並びになって、おだやかな波を送りあっている。そのとき隣のボートから、男性に話しかける女性の声が聞こえてきた。「〝禁断の公爵〟を見かけた？　来ているってレディ・ファヴァシャムが言っていたのに、見当たらないの」

「ぼくも見ていないな。おそらく見間違えたんだろう。彼はこういう催しには来ないから」男性が返した。

「わたしもそう言ったのよ。だけど彼女は確信があるみたいだったわ」

ノラはボートが離れて会話が聞こえなくなるまで、ひと言もしゃべらなかった。

ドーソンがオールを水面から浮かせた状態で手をゆるめた。「ようやく岸が近づいてきました。すごくほっとしているでしょうね」自嘲するような笑みを浮かべる。

「そうだと言ったら、わたしを嫌いになります？」

彼は笑った。「まさか、そんなことはありません。あなたの正直さに感心するだけです」

ボートが船着き場に着くと、従僕がふたりをおろした。

ノラは地面に足をつけるとようやく安堵して、こわばっていた肩を動かした。振り返って見ると、帽子を直しているドーソンが目に入った。「水の上よりずっといいわ」

「同感ですね」彼がノラに腕を差しだし、ふたりは伯爵夫妻のいる敷物に向かった。「これからはかたい地面に足をつけているようにしますよ。ぼく以外の人がボートを漕いでくれるのでないかぎり」

「そのほうがいいと思いますわ」

ドーソンが彼女をちらりと見た。「無能なぼくが漕ぎ手ではらはらしどおしだったでしょうが、少しは楽しんでもらえましたか？」

「もちろん――それにあなたは無能じゃありません。わたしがやるより、あなたのほうがずっとましだったと思いますもの」

「あなたは一度も漕いだ経験がないだけですよ」

「では、あなたはあるんですか？」

彼が低く笑った。「じつはありません。あなたが漕いだほうがましだったかもしれないな」

ふたりは敷物に着き、ノラはドーソンにボートに乗せてくれた礼を言った。

レディ・サターフィールドがボンネットの縁に手をかけて日差しから顔を守りながら、ふたりを見あげる。「楽しかった？」

「ええ、とても」ノラは彼女の隣に座った。

ドーソンが会釈をして別れを告げる。「ではミス・ロックハート、またお会いしましょう」ところが、向きを変えて去ろうとしたところでレディ・サターフィールドの皿の端を踏んでしまった。皿がひっくり返り、のっていたものが飛び散る。ノラのスカートにはジャムがべったりとついた。

彼は衝撃に顔をゆがめた。「ああ、しまった！　とんでもないことを。本当に申し訳ない」

レディ・サターフィールドがナプキンでノラのスカートを叩いた。「ふき取るのに水が必要ね」

ノラのドレスは新調したばかりのものだった。社交界に復帰するに当たり、すべてあらしくそろえたのだ。そのためにレディ・サターフィールドがどれほどの費用と手間をかけてくれたかを思うと、ノラは台なしになったドレスを見るのがつらかった。とはいえドーソンに心苦しい思いをさせたくなくて、無理やり笑みを作った。「気になさらないで。こういうことはどうしたって起こるものですから。わたしも昔、ラタフィアの入ったグラスを持っていて、ドレスにこぼしてしまったんですよ」社交界にデビューした年のできごとで、台なしになった舞踏会用のドレスを見たフレデリックとクララはおおいにうろたえたのだった。「ちょっと化粧室に行ってきます」

ノラが立ちあがろうとするのに、ドーソンが手を貸した。

「一緒に行くわ」レディ・サターフィールドが申しでたので、ドーソンは彼女にも手を貸した。

「わたしに対する印象が最低のところまで落ちてしまったのではないといいんですが」ドーソンが申し訳なさそうに言った。

ノラは彼に微笑んだ。「もちろんそんなことはありません」

彼はもう一度頭をさげ、今度は何も引き起こさずに去っていった。ノラはレディ・サターフィールドと連れだって屋敷に向かった。

「ミスター・ドーソンはもうすぐ求愛をはじめるんじゃないかしら」レディ・サターフィールドは敷物に座っている人々に声を聞かれないところまで来ると、さっそく言った。

「でも、まだよく知りあっていませんから」ノラはなぜかケンダル公爵を思い浮かべていた。よく知らないという点では同じなのに、気がつくと彼のことを考えている。あんなにさっさと帰ってほしくなかった。

レディ・サターフィールドが短い階段をのぼって、屋敷の裏側にあるテラスに上がった。

「あなたよりも世の中を長く見てきているわたしが言うんだから、間違いないわ。ミスター・ドーソンがあなたに興味を持っているのはたしかよ。昨日はダンスを申し込んできたし、今日もわざわざあなたを見つけに来たもの。そういうのを興味を持っていると言うのよ」

ノラの心にまたしてもケンダル公爵が浮かんだ。彼も踊ってくれたし、今日会いに来てくれた。だが〝会いに来てくれた〟というのは正確な表現ではないかもしれない。ここへ来た目的が彼女に会うためだったかどうかはわからないのだから。実際、そんなふうに思うなんてばかげている。それにしても、公爵はなぜ今日ここに来たのだろう。彼が来るなんて誰も思っていなかったというのに。

ケンダル公爵のことばかり頭に浮かんでしまう理由がわからない。ノラに注意を向けてくれた最初の男性だからだろうか。それとも彼が……ケンダル公爵だから？

そもそも、彼がケンダル公爵だからというのはどういう意味？

つまり、人並みはずれた男性ということだ。どこからどう見ても。ピクニックに来た理由がノラに会うためであろうとなかろうと、〝禁断の公爵〟と呼ばれる人物が自分に特別な注意を向けてくれている。一度だけではなく、二度も。そう考えると、背筋を興奮の震えが駆けのぼった。レディ・サターフィールドが開催した舞踏会では、彼とのあいだに何か通じあうものを感じた。その前のお茶会で熱い視線を向けられたせいかもしれない。彼女のことを知りたいとでもいうようなまなざしを。

何をばかなことを考えているのだろう。

胸がどきどきするような視線を向けられたり、ほんの二回ほど親切にしてもらったりしたからといって、ケンダル公爵が自分とちょっとした知りあい以上の関係になることを望んでいるとは断言できない。彼は〝禁断の公爵〟なのだから、誰にも興味など持たないのだ。義母であるレディ・サターフィールドに気を使って、ノラに注意を向けてくれているにすぎない。

「あなたのほうはミスター・ドーソンに興味を感じているの？」レディ・サターフィールドに質問されて、ノラはわれに返った。「彼は裕福ではないけれど、快適に暮らしていけるだけの資産はあるはずよ。でも子どもがいるから、すぐに母親にならなくてはならないわ」口調をやわらげる。「わたしもそうだったの。そして、それはすばらしい経験だった」

ケンダル公爵のことだ。レディ・サターフィールドはやもめだった彼の父親と結婚して、公爵の母親になったのだ。レディ・サターフィールドと一緒に暮らすようになってからの日々で、そうした事情についてノラは承知していた。

頭に浮かんだことを深く考えずに口にする。「湖の上で、別のボートに乗っている人たちがケンダル公爵の話をしていました」言ってしまったあと、ノラは心配になってレディ・サターフィールドを見た。噂話に興じるつもりではなかった。とりわけ目の前の女性の息子の噂話には。これでは人づきあいの腕がさびついているどころの話ではない。「すみません。こんな話をするのは失礼でした」

レディ・サターフィールドは笑った。「みんなが息子の噂をしているのを無視するのは難しいわ。とくにこういう催しでは」

ふたりは屋敷に入り、ノラはレディ・サターフィールドのあとから客間に足を踏み入れた。

「公爵も、あれこれ詮索されずにピクニックに参加したいでしょうね」

レディ・サターフィールドは肩をすくめた。「ここはロンドンなのよ。独身の公爵はあれこれ詮索されずには何もできないものなの」

「レディ・サターフィールド！」年配の女性がふたりに近づいてきた。「あなたと話したかったのよ。ケンダル公爵が来ていたって本当なの？　ようやく彼も妻を探す気になったのかしら」

レディ・サターフィールドがノラにきいた。「化粧室までひとりで行ける？　あそこを出て廊下を進んだところにあるわ」そう言って扉を示す。

「はい、大丈夫です。ここはおまかせしますね」ノラは笑みを抑えながら返した。

レディ・サターフィールドが楽しそうな表情でささやく。「面白いことになりそう」

どうしたらこの場面が〝面白く〟なるのかノラには見当もつかなかったが、きっとあとで聞かせてもらえると考えて、廊下に出た。化粧室は簡単に見つかり、急いでスカートのしみを洗った。するとかすかに輪郭は残ったものの、すぐに対処したおかげで屋敷に戻ったらきちんと落とせそうなところまで薄くなった。

化粧室を出たノラは、すぐに見慣れない部屋にいるのに気づいた。どうやら曲がる方向を間違えてしまったらしい。引き返そうとして、心臓が喉から飛びだしそうになった。ヘイウッドが入り口をふさぐように立っていたのだ。ふたりきりで会いたくないどころか、二度と顔も見たくないと思っていた男が。

ヘイウッドは身長こそ記憶と変わらないが、横幅が増えて以前ほど引きしまった体型ではなくなっていた。それに淡い色の髪は薄くなりはじめている。ただし濃い青色の目は、以前と変わらず鮮やかで魅力的だった。ノラはかつて、この目に魅了されたのだ。それと、彼がいま薄い唇に浮かべている微笑みに。

昔のこととはいえ、本当にこの男を抗《あらが》いがたいほど魅力的だと思ったのだろうか。どう見ても、現在のヘイウッドにそんな魅力はない。とくに、いまやノラが男性を判断する基準となっているケンダル公爵と比べてしまうと。

ヘイウッドを前にして、ノラは危険を感じた。湖の上で感じたより何倍も大きな危険を。小さな居間に別の出口がないか必死に視線を動かして探る。扉がひとつ見えるが、どこにつながっているのかわからない。ふつうに考えれば小さな衣装部屋である可能性が高く、そこに入ってしまえば余計に逃げ道がなくなる。

「ミス・ロックハート？」ヘイウッドの声が低く響き、張りつめている彼女の神経を逆なでした。「ロンドンに戻ったとは聞いていた。こんなふうにきみと出会えてうれしいよ」彼が部屋を横切って近づいてくる。うまくかわせれば、入ってきた戸口から逃げられるだろう。

ノラはよそよそしく礼儀正しい態度を取るのが一番だとわかっていた。ヘイウッドのことなど知らないというふりをすべきだと。けれども、この九年間に味わった心の痛みとやりきれない思いが一気に噴きだした。「二度とわたしに話しかけないで」恐怖を抑えて飛びだし、勢いよく走って彼の横を通り抜けようとする。

ところがヘイウッドはノラの肘をつかんで引き寄せた。彼女の腕をつかんだまま向きを変える。「失礼な態度を取ってほしくないな。ぼくはただ、きみがとてもきれいだと言いたかっただけだ。田舎での生活はきみに合っていたようだね」

「流刑生活のことを言っているのかしら」ノラは言い返した。体をよじって腕を引き抜き、大きくさがって彼から離れる。「あなたとはもう何も話すことはないわ。まったくね」

「それは残念だな。ぼくたちの関係をもう一度復活させられないかと思っていたんだが」彼女の体を舐《な》めるように眺めまわすヘイウッドの様子から、その〝関係〟がどういうものかは明らかだ。

ノラは信じられない思いで彼を見つめた。「なんて人なの。結婚しているのに。奥さまに言うわよ」

ヘイウッドが笑った。「いったい何を言うつもりだ？　きみがまた居間でぼくに迫ったと？　今回も、きみにとってはすばらしい結果になるだろうね」

「地獄に落ちればいいんだわ」得意げな彼の顔を引っぱたいてやりたいという衝動を懸命に抑えながら、ノラは部屋を出た。

ところが急いでレディ・サターフィールドのもとへ向かおうとした際、化粧室の扉を開けて出てきたレディ・アバクロンビーにぶつかってしまった。

レディ・アバクロンビーがあとずさって、ぶつかった腕をさする。「驚いた。ずいぶん急いでいるのね」

ノラは怖くてうしろを振り返れなかった。もしヘイウッドが廊下にいて、彼から逃げてきたのだとレディ・アバクロンビーにばれてしまったら……。でも、それはそんなに悪いことだろうか。

悪い。ここロンドンでは、じゅうぶんに。まして、それを目撃したのがレディ・アバクロンビーなのだ。彼女は確実に事態を悪い方向に持っていく。

ノラはレディ・アバクロンビーとぶつかった肘をさすった。彼女を突き倒さなかったのが残念だ。「失礼するわね」

なるべくゆっくり歩いて客間に向かったが、耳の奥では勢いよく流れる血の音がとどろくように響いていた。いまになってボートから投げだされ、死にもの狂いでもがいているかのごとく息が苦しくてならない。

幸い、レディ・サターフィールドはひとりで客間で待っていた。ノラを見て、眉間にしわを寄せる。「何かあったの？　顔が赤いわ」

ノラは一瞬ひるんだものの懸命に足を進め、小声で伯爵夫人に打ち明けた。「化粧室を出たところで曲がる方向を間違えてしまったんです。それでヘイウッド卿に出くわしてしまって」

レディ・サターフィールドが険しい表情になる。「なるほどね。それでどうなったの？」

彼女も小声だ。

まさかレディ・サターフィールドは、ノラが同じ間違いを繰り返したと思っているのだろうか。

伯爵夫人が表情をやわらげる。「違うのよ、そういう意味じゃないわ。彼にいやなことをされなかったかときいているの」

「いやなことを言われただけです。二度と話しかけないでと釘を刺しておきました」

レディ・サターフィールドが笑ったので、ノラはほっとした。「よく言ったわ。その場で見ていたかった」ノラと腕を組み、屋敷を出る。「ところで、そのとき誰かに見られなかった？」

「ヘイウッド卿と一緒のところは見られなかったんですが、ここに戻る途中でレディ・アバクロンビーとぶつかってしまいました。もし彼女があのあとヘイウッド卿を目撃していたら……」ノラは想像するのも恐ろしくて、先を続けられなかった。

レディ・サターフィールドがノラの腕をやさしく叩いた。「心配するのはおよしなさい。彼女は何も見ていないのよ。何を言っても憶測にすぎないわ」

「でもそれだけで人は破滅します。そうですよね？」

「たしかにそうね……。では手を打っておきましょう」

打てる手があるとは信じられず、ノラは伯爵夫人を見つめた。連れだって草地へとおりながら質問する。「どうしたらそんな奇跡みたいなことができるんですか？」

レディ・サターフィールドは微笑んだ。「わたしにまかせておいてちょうだい。社交界で三〇年もやってきているのよ。うまく生き抜くすべも、大切に思っている人を守るすべもちゃんと心得ているわ」

ノラは胸がいっぱいになった。一瞬、あたらしく母親ができたような錯覚に陥る。そしてそのおかげで、ヘイウッドに会ったことで広がっていた不安を忘れられた。

とりあえずしばらくは。


タイタスはウイスキーのデカンターを目指して書斎に入った。今夜は議会の会議が予定よりも早く終わったので、ほっとしている。クラヴァットをゆるめながら食器棚に近づいてウイスキーを注ぎ、今夜の議論を頭から追いだした。ラダイト（一九世紀の英国で機械化に反対した熟練労働者の組織）のことはしばらく忘れたい。

そこで、ブレクサムホールで過ごした楽しい午後を思い返した。認めたくはないが、ノラと一緒に歩いたわずかな時間はとても楽しかった。

いまいましい会合の予定などすっぽかしてピクニックに残り、ノラとボートに乗りたかった。あのあと彼女はきっと、ドーソンとかいう男と湖に出たのだろう。会ったこともないその男を、彼女の前から排除したくてたまらなかった。

こんなことを思うなんて本気なのだろうか。ノラを結婚という目標から遠ざけるようなまねをしたいなんて。彼女は夫を求めているし、その権利がある。少なくとも幸せになる権利が。夫が幸せを与えてやれるなら、彼女はそれを受け取って当然なのだ。

「閣下？」タイタスの父親が当主だった頃からこのタウンハウスを仕切っている執事のアボットが入り口に現れた。「レディ・サターフィールドからのお手紙を机の上に置いてあります。閣下がお出かけのあいだに届きましたので」

タイタスはウイスキーを口に含みながら机に向かい、くだんの手紙を見つけた。グラスを置いて紙を開く。視線を落としたとたん、首のうしろに冷たい汗が噴きだした。

〝ケンダルへ

ミス・ロックハートについてよくない噂が広まるのではないかと心配なの。今日の午後、彼女はヘイウッド卿とふたりきりで会ったあと、そこから去るところを見られてしまったのよ。会ったといっても偶然のできごとだったし、一緒にいた瞬間は誰にも見られていないのだけれど、直後を目撃した女性がよりにもよってあのレディ・アバクロンビーで、ノラを貶《おとし》めようとかたく心に決めているようなの。噂を静めるためにできるだけのことはするつもりだけれど、あなたにも何か助けてもらえたらと思って。

レディ・S〟

怒りが体じゅうを駆けめぐり、手がぶるぶる震える。タイタスは手紙を丸めて、机の上に落とした。「アボット」大声で執事を呼ぶ。

「はい、閣下」

「馬車をもう一度屋敷の前に戻してくれ――クラブへ行く」そこでヘイウッドを見つけ、あの男が今後ノラの五〇メートル圏内に近づかないようにさせるつもりだった。

「かしこまりました」タイタスが夜の予定を突然変更するのは非常に珍しかったが、アボットは何もきかなかった。この執事が能動的に何かをするところを見たことがない。

とにかく、どうしても出かけなくてはならない。タイタスはグラスを取りあげると、残っていたウイスキーを一気にあおった。体内がかっと熱くなり、好色なヘイウッドに掻きたてられた怒りがますます燃えあがる。

わずか二〇分でブルックスに着き、タイタスは大股で中に入った。賭け事や飲酒に興じている上流階級の男たちでいっぱいの部屋に足を踏み入れ、中を見まわす。ヘイウッドは隅のテーブルで、ホイストをしていた。

何十対もの目に見つめられているのを感じながら、タイタスは昔の仲間に歩み寄った。同じテーブルに座っている男たちから、いっせいに見あげられる。それに気づかないわけではなかったが、あくまでもひとりの男に視線を据えていた。ノラをまたしても侮辱した許せない男に。「立て、ヘイウッド」低く抑えた声に脅しを含ませる。ようやく思い知らせてやれるときが来て喜びすら覚えていた。

ヘイウッドが目を見開いて、胸にさっと手を当てた。むっとしたような顔だ。「いまゲームの途中なんだ」

「用を足している最中だろうと関係ない。立て！」

ヘイウッドは眉間にしわを寄せた。「頼むよ、ケンダル。ちょっと待っててくれ」

「いや、かまわないよ。きみが戻るまで待っているから」ヘイウッドの左に座っている男が口をはさんだ。

ヘイウッドはテーブルについている男たちを見渡した。「本当にかまわないなら、そうさせてもらおう」

タイタスの忍耐は尽きる寸前で、ヘイウッドがようやく立ちあがったときにはもう少しで彼をその場から引きずりだしそうになっていた。

「こっちだ」短く指示し、身ぶりでついてくるようにうながした。ろくでなしの昔の仲間を連れて、自分の個室へ向かう。

「いったいなんなんだ」階段を上がりながら、ヘイウッドが言う。「もう一〇年近く口をきこうとしなかったくせに、せっかくうまくいっていたホイストのゲームを邪魔するなんて。これでつきが逃げなけりゃいいが」

タイタスは部屋に着くまで何も言わなかった。従僕が扉を開け、ヘイウッドが入ったのを確認して閉める。ようやく向かいあった男の赤ら顔に拳を叩きつけないために、タイタスは必死で自分を抑えなければならなかった。

「話しかけなかったのは、そうする理由がなかったからだ。だがいまはその理由があるし、これから発する一言一句を心に刻んでもらいたい。いいか、今日ミス・ロックハートに会ったことは否定しろ」

ヘイウッドが途方に暮れた顔になる。「もう会ったと言ってしまったよ」

タイタスは右手をぐっと握った。目の前の男を殴りたくてたまらない。「思い違いだったと言え。それからミス・ロックハートには二度と話しかけるな。彼女の話もするな。彼女の五〇メートル圏内に近寄るんじゃない。そもそも、彼女に目を向けるな。どうだ、わかったか？」

タイタスがひとつ命じるたびに、ヘイウッドの口が少しずつ開いていく。最後には完全にぽかんと開いた状態で、タイタスを見つめた。しばらくしてようやく口を閉じると、考えうるかぎりもっとももばかなまねをした。笑いだしたのだ。「なんだって？　なんの冗談だ、これは」

タイタスは一歩近づいた。「この部屋で冗談と言えるのはおまえの存在だけだ」

ヘイウッドが真顔になる。「無礼な態度はやめてもらいたいね。ぼくがミス・ロックハートに話しかけるかどうか、どうしてきみが気にする?」

「おまえは昔、彼女がまっとうで幸せな未来を手に入れる機会をつぶした。もう一度同じことをするのは許さない」

「いったい何さまのつもりだ? 彼女の父親か?」ヘイウッドはまた笑ったが、今度は目がまったく笑っていなかった。「わけがわからないな。きみはかつてロンドン一の放蕩者だったじゃないか」

「昔の話だ。ぼくたちふたりとも、そんな時代はとっくに卒業したはずだろう。違うのか、ヘイウッド?」タイタスはさらに足を進めた。「それともおまえはいまでもまだ若造のように、大事なものをブリーチズの中にしまっておけないのか?」

ヘイウッドが目を細める。「言いすぎだぞ」

タイタスは一歩一歩距離を縮めた。「いや、まだ言い足りないんじゃないかと思っているところだ。もしおまえがこれ以上ミス・ロックハートのことを考えたり、ましてや近づいたりしたら、必ず後悔させてやる」

ヘイウッドの目の表情が変わる。おそらくタイタスの怒りに気づいたのだろう。「どっちにしろ、彼女とはもう話す理由がない。あっちから誘いをかけてきたんだ——結婚しているぼくに。昔と変わらず、身持ちの悪い女さ」あきれたように首を横に振る。

タイタスは何も考えず、ただ反応した。気がつくと、せせら笑うようなヘイウッドの顔に拳を叩きつけていた。腐りきった男の頭がうしろに跳ね飛ぶ。

「何をする！」ヘイウッドはあわてて口を押さえ、裂けた唇から出ている血を舌で探った。

「ミス・ロックハートのことは話すなと言ったはずだ。従わなかったのが悪い。またしゃべってみろ。同じ目にあうからな」

ようやくヘイウッドの豆粒ほどしかない脳みそでも、ことの重大さが理解できたようだった。青い顔をして、にじんだ血を唇から舐め取っている。目を合わせないまま、ゆっくりとうなずいた。二の腕に肩をぶつけられてよろめいているヘイウッドには目もくれず、タイタスはさっさと部屋の入り口まで行き、扉を開けて従僕を呼んだ。「このくずをぼくの部屋から放りだしておいてくれ」

タイタスはそのままうしろを振り返らずに階段をおりた。領地で思いきり馬を走らせたあとのように体の中でまだエネルギーが渦巻いているが、満足感もある。そしてそれは、さっきまで感じていた怒りよりもずっと気分がいいものだった。

人々が集まっている部屋まで来ると、いつもよりもすばやく喧騒がやんだ。男たちはみんな、上着に穴でも開きそうなくらいタイタスを見つめている。ヘイウッドに近づき二階へ連れていったことが興味を引いてしまったのだと気づいて、いらだった。ヘイウッドを連れだしただけでなく殴ったと知ったら、彼らはなんと言うだろう。だがヘイウッドは殴られたことを明かさないはずだ。虚栄心が強く尊大なので、唇が裂けた理由を何か考えだすだろう。だがそれでも、人々があれこれ想像して勝手な結論を出すのは止められない。

タイタスは肩をすくめ、いらだちを追い払った。人々はいつだって勝手な結論を引きだす。それに対して自分は無言の圧力をかけるくらいのことしかできない。もちろん、最大限の圧力をかけはするが。前を向いて彼らを無視する代わりに、関係のないことに首を突っ込むなという警告を込めて、何箇所かに視線を送った。彼らはこの無言の要求に従うだろうか。〝禁断の公爵〟の力はどれほどのものなのだろう。

本当は、彼らにどう思われようがかまわなかった。だがノラがどう言われるかは気になる。九年前、彼女は世間からあんな仕打ちを受けるいわれはなかったし、それは今度も同じだ。しかもまた同じヘイウッドが彼女に不快な思いをさせるなんて、とうてい許せることではない。

だが少なくともヘイウッドに関しては、これ以上の被害は食い止められただろう。彼はもう二度とノラにちょっかいを出さないと確信している。屋敷に戻ったらすぐに義母に手紙を書き、そう知らせるつもりだった。

それをすませたら、愛人のところへ行かなければならない。最初の夜以来、一度も訪問していなかった。ノラに会いに行ってヘイウッドとの再会でつらい思いをしていないか確かめたいが、そうするつもりはない。ただ、この五週間毎晩続けていることをするだけだ。寂しく屋敷に戻り、赤褐色の髪と魅惑的な黄褐色の目をした美しい彼女を夢見る。

けっして許されないほどノラに惹かれていると、タイタスは認めざるを得なかった。だが、そうだとしても何も変わらない。妻を求めてはいないし、たとえ求めていたとしても、ノラのほうが彼を求めはしない。過去についての真実を知れば絶対に。だからこの行き場のない気持ちは、いまのうちに叩きつぶしておくのだ。

8

翌日の夜、夕食のために階下におりたノラは、食堂の入り口で足を止めた。ケンダル公爵がテーブルのそばに立って、サターフィールド卿と話している。濃紺の上着にぴったりとした長ズボンというおそらくは最新流行の非の打ちどころのない装いに身を包んだ彼は、とんでもなくハンサムだ。とくにたくましい腿を包む長ズボンは男らしさを余すところなく引き立て、うっとりするよりほかない。

「ケンダル、夕食に来てくれたのね！」ノラのうしろから、レディ・サターフィールドの声が響いた。

男性ふたりが振り返ったので、ノラは顔が赤くなりそうなのを必死でこらえた。彼女がケンダル公爵に見とれていたなんて、彼らには知るよしもないのだ。レディ・サターフィールドには気づかれてしまったかもしれないが。

義理の息子のもとに向かうレディ・サターフィールドと一緒に、ノラは部屋へ入った。ケンダル公爵が義母の頬にキスをする。「来てもかまいませんでしたか？」

「もちろんじゃないの。あなたの席はもう用意してあるわ。さあ、座りましょう。ハーレイははじめる準備ができているみたいよ」

テーブルの一番奥の席には、いつもサターフィールド卿が座る。その右側が伯爵夫人、左側がノラだ。それが今夜は左側にふた席設けてあった。つまり、ノラはケンダル公爵の隣に座ることになる。

サターフィールド卿が妻のために椅子を引き、ケンダル公爵がノラのために椅子を引いた。

「ありがとう」彼女は緊張しながら小声で礼を言った。

すぐにスープ、ゆでた牛肉、人参《にんじん》が運ばれてきて、グラスにワインが注がれた。ノラはサターフィールド家に来た当初は豪華な食事に圧倒されていたが、ようやく慣れてきたところだった。父親との生活では食べるのに困ってはいなかったものの、もっと簡素に暮らしていた。

「今日はことのほか天気がよかったが、乗馬を楽しんだのかな、ケンダル？」サターフィールド卿が尋ねた。

「ええ」公爵はノラに目を向けた。「きみは乗馬はするのかい？」

「うまく乗れないの。社交界にデビューしたときにうしろ盾になってくれていた親戚が習わせてくれたんだけれど、向いていなかったみたいで」

「それはなんとかしなくてはね」レディ・サターフィールドが言った。「あなたが乗馬用のすてきな帽子をかぶっている姿が目に浮かぶわ。まずは買い物よ」

ケンダル公爵が低く笑い、義母に視線を向けた。「馬はどうするんです？　何よりも必要なのは馬でしょう」

「あら、馬ならいるわ。そうでしょう、あなた？」レディ・サターフィールドは夫を見た。

「ノラが乗れるような馬はいない。だがケンダルのところにはいるんじゃないかな」サターフィールド卿が問いかけるような視線を義理の息子に向ける。

だがケンダル公爵が答える前に、伯爵夫人が言った。「そういえば、ミセス・ギルクリストに郊外のお屋敷での乗馬に招待されていたんだったわ」ノラのほうを向く。「どうかしら、行くのはいやじゃない？」

ノラは昨日のピクニックでミセス・ギルクリストと息子のバーナビー・ギルクリストに会い、息子と散歩をしたのだが、彼はほとんどずっと馬についてしゃべりつづけていた。あとは魚について。彼よりもドーソンと一緒にいるほうが楽しかったけれど、どちらの男性もケンダル公爵にはかなわない。

ノラは彼を盗み見た。後頭部の黒っぽい髪が白い襟の上にかかり、あたたかいブロンズ色の肌を背景にはっとするようなコントラストを生みだしている。髭《ひげ》はきれいに剃《そ》ってあるが、顎のあたりが少し黒っぽい。彼女はいつの間にかケンダル公爵を見つめていたことに気づき、相手に悟られる前にすばやく目をそらした。

「ノラ？」レディ・サターフィールドが呼びかけた。

ノラは質問に答えるのをすっかり忘れていた。「何度か練習してもう少し乗れるようになるまでは、できれば人前での乗馬を控えたいのですが」

「ケンダル、ノラをいつ乗馬に連れていけるか教えてちょうだい」レディ・サターフィールドが義理の息子に言った。

公爵に視線を向けられて、ノラは思わずつま先を丸めた。なんということだろう。これではまるで小娘のようだ。過去から何も学ばなかったのだろうか。ノラはケンダル公爵に惹かれる気持ちは無視しようと決め、食事に意識を集中した。ドーソンのことを思い浮かべようとする。彼ならノラが馬に乗れても乗れなくても気にしないだろう。

「ケンダル、レイクムアの厩はいまどうなんだ？」サターフィールド卿がきく。「去年の秋は行けなかったが、今年は必ず寄らせてもらうよ。きみが催す狩猟パーティーはすばらしいからね」

ノラはケンダル公爵を見た。パーティーを開くことがあるなんて、彼の評判を考えると驚かずにはいられない。公爵は人とのつきあいをすっかり断っているのだと思っていた。

「こぢんまりとした催しですよ。覚えておられるでしょうが」

「ああ、だがわたしは好きなんだ。狩猟パーティーと銘打ちながら、狩猟にまったく力を入れていない場合が多いからね。少なくとも、わたしにはそう見える」サターフィールド卿は低く笑った。

「こぢんまりとしているのはケンダルが地元の人たちとあなたしか招待しないからよ。ちゃんとしたハウスパーティーとは言えないわ」レディ・サターフィールドは口元を引きしめて義理の息子を見つめたが、それ以上は何も言わなかった。

「そもそもハウスパーティーじゃありませんから」ケンダル公爵はおだやかに返したが、その声には何を言われても譲らないという断固としたものが感じられた。

伯爵夫人は、世間との交流を断っているいまの義理の息子の状況を快く思っていないのだと、ノラは察した。

レディ・サターフィールドがため息をついた。「ええ、ええ、わかっていますとも」ワインを口に運び、ケンダル公爵にあたたかい笑みを向ける。「あなたが幸せなら、それでいいのよ」

そうはいっても、彼はそれで幸せなのだろうか。引きこもって暮らしているいまの状態で。もともと孤独を好む性格とか？　孤独に過ごした九年間を思い返して、ノラは体が震えそうになるのを抑えた。社交界のせわしい生活になじむのはなかなか難しいとわかった。しかし、ふたたび寂しく暮らすことなど考えられない。そんなことにはけっしてなりませんように。

そのあとの話題は、貴族院でのケンダル公爵の活動、ノラの家族、演劇など、さまざまに移り変わった。全体的に見てノラはこれほど楽しい夜を過ごしたことはなかったし、最後の料理を食べ終える頃には公爵の前でも緊張しないでふつうに振る舞えるようになっていた。もしかしたら〝禁断の公爵〟というほど近寄りがたい人ではないのかもしれない。少なくとも、近しい家族といるときは。自分がその一員であるとは思わないけれど、この場の雰囲気を一緒に楽しむことはできる。

「気持ちのいい夜だわ。ケンダル、ノラを連れて庭を散歩してきたらどう？」レディ・サターフィールドがナプキンをテーブルに置きながら勧めた。

ノラの心臓が激しく打ちだす。ようやくリラックスして過ごせるようになっていたのに、緊張が戻ってきた。

でも、どうして緊張する必要があるだろう。塀に囲まれたごく狭い庭を歩きまわるのに、散歩以上の意味はない。それに、彼が行きたがらない可能性だってある。

「そうですね」ケンダル公爵が立ちあがり、ノラに手を差しだした。

どうやら彼は散歩をしたいようだ。それとも、礼儀上そう見せているだけだろうか。

サターフィールド卿が、立ちあがる妻に手を添えて頰にキスをした。「わたしはちょっとクラブまで行ってくるよ」

レディ・サターフィールドはあたたかい笑みを浮かべて夫に身を寄せてから、ノラとケンダル公爵に顔を向けた。「わたしは手紙の返事を書くわ。ちょっと庭を散歩するくらいのことに、つき添い《シャペロン》の必要はないでしょうからね」

一同は解散した。サターフィールド夫妻は食堂を出て廊下に、ケンダル公爵とノラは奥の居間に向かった。図書室でもある奥の居間は、家族が集う場所としても使われている。ノラは公爵が差しだした腕につかまり、図書室へ入った。何度となく、すばらしい蔵書から選んだ本に没頭したことがある居心地のいい部屋だ。

狭くはないはずなのに、なぜか今夜は小さく感じられた。部屋の隅々まで見ているケンダル公爵の存在感に圧倒されて、緊張が一気に高まる。

ノラは少しでも気持ちを落ちつけようと、あわてて会話の糸口を探した。「ここの本をいつも楽しませてもらっているのよ」

彼は足を止めて、壁に沿って並んでいる本棚へと向きを変えた。「ほう。きみはどんな本が好きなのかな?」

ノラの本の好みを聞いたら、公爵はどう思うだろう。彼女が読むのは恋愛小説からゴシック小説、詩、サスペンスなど多岐にわたる。「いろいろありすぎて、ひとつに決めるのは難しいわ」

「では、一番最近読んだ本は?」

彼女はためらったものの、それはほんの一瞬だった。「サラ・ウィルキンソンの恋愛小説」おそらく公爵には低俗だと思われるだろう。

「ぼくも彼女の本は全部読んでいる」

ノラは驚いて見あげた。「あなたがサラ・ウィルキンソンを？」

ケンダル公爵がいたずらっぽい目で彼女を見る。「レディ・サターフィールドがウィルキンソンの本をすべてそろえていることに気づいているだろう？　義母はああいう話が大好きなんだ。そしてぼくは若い頃、手に入る本を片っ端から読んでいたからね。どんな本でも」

ノラは指先で口を押さえて、くすくす笑った。「それで、じつのところあなたはロマンティックな話を気に入っているのかしら」

「嫌いじゃないよ。気分がのれば、週に三、四冊読むこともある」

くすくす笑いは大きな笑い声に変わった。「〝禁断の公爵〟が安っぽい恋愛小説を？　社交界の人たちが知ったら、なんて言うでしょうね」

「誰に何を言われようとかまわないが、騒ぎにはなるだろうな」

人に何を言われても気にしないでいられたら、そんなことを気にする必要がなかったら、どんなにすばらしいだろう。「あなたなら何をしても騒ぎになると思うわ」ノラの笑いが静まった。「でも恋愛小説を読むとわかれば、みんなはもっと人間としてのあなたに目を向けてくれるはずよ」えらそうなことを言ってしまったと気づいてひるむ。「まあ、わたしったらなんてことを。いまのあなたが人間らしくないというわけではないの」

ケンダル公爵が彼女の手を取って上着の下に入れ、ベスト越しに心臓の上に置いた。「ほら、ぼくだって人間だ」

ノラは息ができなくなった。顔を上げると、彼と視線が絡みあう。「そうじゃないなんて思ったことはないわ」

公爵に放された手を、彼女は残念に思いながらゆっくり体の横におろした。興奮が腕を駆けのぼって体じゅうに広がり、すべての感覚が生き生きと目覚める。

「もちろんそうだろうが、みんなはそう思っていないかもしれない。彼らには、こんなふうに近寄らせないからね」

それなのに、ノラが近づくのは許してくれた。けれどもケンダル公爵は義理の母親のためにそうしているのかもしれないという考えが浮かび、本当のところを確かめたい気持ちを抑えきれなくなった。「どうしてわたしは違うの？」衝動的な質問をすぐに引っ込めたくなった。もちろん、ノラがみんなと違うわけではない。伯爵夫人のおかげでたまたまこの場にいるだけだ。「いまの質問は忘れて。わたしが社交界でうまくやっていけるように協力してくれるなんて、あなたは本当に親切だわ」

ケンダル公爵の唇に力が入り、渋い表情になる。「ぼくは別に親切だからこうしているわけじゃない」

〝こうしている〟がどういうことを指しているのかノラにはよくわからなかったものの、

彼に確かめるつもりはなかった。「じゃあ、なぜなの？」

「わからない」ケンダル公爵がノラの耳の周りにかかっている髪に手を伸ばした。一瞬、時が止まったかのようにふたりは見つめあい、すぐに彼がはっとしたように手を引っ込めた。それから背を向け、暖炉の前に行く。「すまない、なれなれしいまねをするつもりはなかった」

ケンダル公爵はノラからじゅうぶん離れたところで、ふたたび振り向いた。「ピクニックのときに、ヘイウッドから侮辱的なことを言われたそうだが、大丈夫だったかい？」その口調はきびきびとした事務的なものだったが、あっという間に彼女の体に広がったいたたまれない思いを静めることはできなかった。

ヘイウッドと会ったことを誰にも知られなければいいと願っていたのに、またしても過去と同じ状況に陥るはめになりそうだ。「どんな話を聞いたの？」

「ぼくは噂話には耳を貸さない。きみの意思に反してヘイウッドが一方的に絡んできたと、義母から聞いただけだ」ケンダル公爵が一瞬、険しい表情を浮かべる。「やつが二度ときみにちょっかいを出さないよう手を打っておいた」

どんな手なのか、ノラには見当もつかなかった。「手を打つって？」

公爵が目をそらして、肩をすくめる。「今後きみに話しかけたり、きみについて何か言ったりするべきでないと、きちんとわからせてやったのさ。ぼくは噂話に耳を貸さないだけでなく、自分が気にかけている人が噂の的にされるのも我慢ならないんでね」

ノラは固まった。つまり、ケンダル公爵は彼女を気にかけてくれているのだろうか。また醜聞になるのではないかというパニックが静まり、代わりにどう名づけていいかわからないあたたかい気持ちが胸に広がる。「どうしてあなた方ご家族がこんなにもよくしてくださるのかわたしにはわからないけれど……ありがとう」

「理由がなくちゃだめなのかな？　人に親切にされることがそれほど珍しいのかい？」ケンダル公爵が黒っぽい眉をひそめた。すると獰猛《どうもう》というほどではないものの、脅しているような厳しい表情になった。

ケンダル公爵が言うとおり、いままであまり親切にされたことはない。しかし、ノラはそんな恥ずかしい事実をどうしても彼の前では認められなかった。ごまかそうとして笑ってみたけれど、神経質な響きがまじってしまった。「公爵ほど身分の高い人やそのご家族が、わたしみたいな女にここまで親身になってくれるなんて、めったにないことよ。それはあなただってわかっているでしょう？」

「きみみたいな女、か」ケンダル公爵は繰り返したが、それは問いかけではなく、ノラがいったいどういうつもりでそんなふうに言ったのか心の底から知りたがっているように聞こえた。だが公爵が彼女の過去を知らないはずがない。公爵とのあいだで話題になったことはないけれど、当然知っているはずだ。

ノラはそのことを確かめたくて、ケンダル公爵の目を見てはっきり言った。「醜聞を起こして社交界から追放された女よ」

公爵がゆっくりと眉を上げる。「きみはここにいるだけの価値がある人だ。そして幸せになる権利がある――誰もがそうであるように」

〝雲の上の存在〟でありながら、ケンダル公爵はなんてやさしく思いやりがあるのだろう。しかもどうやらノラに興味を持ってくれているらしい。彼の強い視線から、ノラは目をそらせなかった。「あなたはどうなの、公爵？　幸せ？」

「不幸ではない」

ノラは思わず顔がほころびそうになるのを抑えた。「喜びにあふれた人生というわけではなさそうね」

「レイクムアにいるときはかなり幸せだ。小作人たちと働くことに喜びを感じるし、馬に乗るのが好きだから」

「低俗な恋愛小説を読むのも、楽しみのひとつなんでしょう？　あなたに関するもっとも興味深い事実を忘れないで」

ケンダル公爵の喉から笑いがもれ、ノラもにやりとした。「そうだ、そういう楽しみもある」彼は部屋を横切って彼女に歩み寄り、先ほどと同じくらい近い位置で足を止めた。「ではそろそろ散歩をはじめようか」

ケンダル公爵がノラの手を取って自分の腕にのせた。公爵から伝わってくる体の熱を、香りを、すぐ横に感じる体の近さを、彼女は全身で受け止めた。彼をしっかりとつなぎとめておきたくて、腕にかけた手に力を込める。

今日の夕食のときや、これまで何度か顔を合わせるうちにふたりのあいだに生まれた親しさが、突然もっと親密なものに姿を変えた。ノラの中に、目の前の男性を求める激しい気持ちがわきあがる。ケンダル公爵はノラと踊り、ヘイウッドのいやがらせをやめさせ、彼女には幸せになる権利があると言ってくれた。公爵の力強い顎の輪郭に指を滑らせ、一日の終わりに伸びかけている髭の感触を確かめたい。ちくちくと指を刺すのか、やわらかいのか、欲望を掻きたてるのか、不快なのか。きっと欲望を掻きたてるはずだ。

何より、ノラはケンダル公爵とのキスがどんな感じなのか知りたかった。九年前に一度だけ経験したキスは心地いいものではなかった。醜聞になってしまったという結果を別にしても。だからあのあと、また誰かとキスをしてみたいとはまったく思えなかった。実際に試せる機会があったわけではないけれど。でもこうして公爵と身を寄せて立っていると、彼とのキスは以前とは違うのだろうと思わずにいられない。きっと夢見ていたとおりの、いいや、それ以上のものだろう。

ノラは懸命に自分に言い聞かせた。ケンダル公爵とキスはできない。そもそもこうしてふたりきりになるべきではないのだ。九年前、いまとまったく同じ状況に身を置いたせいで破滅を招いた。ああ、それでも、もし誰にも知られずに公爵とキスできるのなら……。

　ケンダル公爵とふたりで庭を散歩するなんて、あまりにも無謀かもしれない。とはいえノラは、やめるとはどうしても言えなかった。

9

タイタスはノラを連れてテラスに出たあと、階段を下って庭におりた。「小さな庭だが、母はとくに薔薇を自慢にしているんだ。領地の屋敷の庭もぜひ見るべきだよ」

さりげない会話で雰囲気をやわらげようという試みに、たいして効果はないのかもしれない。しかしタイタスは、とにかく体の反応を少しでも抑えようと必死だった。腕に感じる手の感触、しゃべるときの官能的な唇の動き、こちらを挑発してやまない美しい黄褐色の目――ノラの何もかもが激しい欲望をもたらすのだ。

彼女と庭を散歩するなんて、とんでもない考えだった。だがすでにもう庭に出てしまっている。

ノラを義母ご自慢の薔薇のそばへ連れていった。いまはまだ花が咲いていないが、二、三週間もすれば満開になり、色と香りがあふれだす。

整然と並んでいる低木に、彼女は顔を近づけた。「セント・アイヴスにも薔薇があったのよ。夏のあいだその世話をすることが、わたしの楽しみだったわ」

セント・アイヴスにいるノラの姿を、タイタスは思い浮かべた。鋏《はさみ》で薔薇を刈り込み、鋭い棘に指を刺されている姿を。美しいが棘のある薔薇は社交界の象徴のようだ。「薔薇の世話が恋しいのなら、きみがここで手伝っても義母は気にしないと思うよ」

彼女は微笑んだ。「ありがとう。でもあの方は、わたしにもっと別のことで忙しくしていてほしいはずよ。わたしに一生忘れられないほどすばらしい社交シーズンを味わわせようと、本当にいろいろしてくださっているんですもの」

その先にあるのはノラの結婚だ。彼は険しい顔をしないようにするのが精いっぱいだった。ふたりはしばらく沈黙のまま進んだ。タイタスはもう帰るべきだった。義理の両親と食事をしに来ただけなのだから。とはいえ、その両親のもとには、彼を魅了してやまない女性がいる。彼女のことを四六時中考えずにはいられない。避けると誓ったのに、どうしてもそうできないのだ。

ノラがタイタスに向かって首をかしげた。「こんなことをきいて失礼だと思わないでほしいんだけれど、どうしてあなたは〝禁断の公爵〟と呼ばれているの？」

タイタスは立ち止まって彼女のほうを向いた。

ノラがびくっとしてたじろぎ、彼の腕にかけていた手をはずした。「ごめんなさい。あなたは個人的なことに立ち入られるのをとても嫌うと、レディ・サターフィールドから聞いているわ。いまの質問は忘れて」

「そんなあだ名をつけられるようなことをした覚えはない。少なくとも意識的には。だがそのあだ名がいやでたまらないとは言えないな。みんなが近づかないでくれるから、陳腐なつきあいをしなくてすむ。その点に関してはほっとしているんだ」

ノラが笑った。「まあ、そんなことを言うなんて。貴族らしくお高くとまっているのか、ただ単に人と打ち解けない性格なのか、どっちなのかしら」そう言ったあと勢いよく手を口に当て、美しい目を見開いた。

タイタスはノラと一緒になって笑った。彼女の正直さが好ましかったが、もしほかの人間に同じことを言われたら、冷たく無視していただろう。「たぶん、その両方だろうな」

ノラの目が楽しそうに輝いている。「じゃあ、あなたは誰も近づけない禁断の存在でいることを楽しんでいるのね？」

「周りからそっとしておいてもらえることを楽しんでいるんだ。貴族院議員としての務めがなかったら、ロンドンにはほとんど来ないだろう」

彼女が真顔になった。「残念ながら、わたしは逆だわ。ずっと孤独な生活をしてきたから、いまはなるべく人が集まるところへ出ていきたいのよ」

ノラの口調は淡々としていたが、目に浮かんでいる表情は違っていた。なんだろう、悲しみだろうか。どんな感情にしろ、タイタスはそれを消してやりたかった。雨粒が地面にしみ込むように、否応なく彼女に引き寄せられている。原初の流れのように体じゅうを勢いよく駆けめぐる血のせいで、耳の奥では轟音《ごうおん》が鳴り響いていた。

こうしてふたりきりでいるべきではないという考えが、ふたたび頭に浮かんだ。このままでは醜聞になるようなできごとが起こりかねない。

だが醜聞になるのは目撃者がいる場合だけだと、心の中の声がささやく。

「きみと話すのは楽しいよ。きみが長く孤独な生活を強いられたのは犯罪に等しい」

ノラが目をしばたたいた。「わたしもあなたと話していると楽しいわ」声は低く、無意識の誘惑に満ちている。

タイタスは彼女に触れ、その肌が想像どおりやわらかくあたたかいのか確かめたくてしかたがなかった。だから、そうした。

指先で、ノラの顎にそっと触れる。彼女が鋭く息を吸うと、タイタスの体はますます強く反応して抑えがきかなくなった。

「もう戻ったほうがいいんじゃないかしら」ノラが吐息のような声でささやいた。

ノラの言うとおりだ。だがタイタスは貴族社会のばかげたルールが大嫌いだった。そんなものは破ってしまいたい。「そうだな。だが……」彼女にキスしたかった。心から。だが、できなかった。社交界に存在するルールのせいではなく、九年前に彼女の身に起こったことのせいで。

タイタスはじりじりうしろにさがった。ところが、ノラが上着の襟に手を置いて止めたので衝撃を受けた。その手はためらいがちで、軽く置かれているにすぎない。

「キス……してくれる？　醜聞になったあの一度しかキスをしたことがないの。あれはひどいキスだった」彼女が静かに言ったが、何度もまばたきをしたあと手を引っ込めた。「やっぱり忘れて。恥ずかしいわ。こんなことを言ってしまったなんて」顔は真っ赤で、動揺しているのが手に取るようにわかる。

　ノラにそんな気持ちになってほしくはない。彼女の願いを拒否したくもない。「恥ずかしがることはない。きみがちゃんとしたキスをしてもらえなかったなんて腹立たしいよ」

　タイタスはノラとの距離を縮めると、顔をおろしていった。彼女が思い直す可能性を考えて、ゆっくりと唇を近づける。だが幸い、そんなことは起こらなかった。唇が触れあったとたん、重く脈打つ欲望がふくれあがったが、自制心を失わないよう慎重にそれを抑えた。少しでも気を抜けば、彼女とのキスにおぼれてしまいかねない。

　ノラの両手はふたたびタイタスの胸の上に戻っていた。しかも前よりもしっかりと当てられている。彼女の唇が押し返してくるのは、積極的に応えている証拠だ。そもそも彼女がキスしてほしいと言いだしたのだから、不思議ではないが。

　タイタスはただキスをするだけでなく、すばらしいと思ってもらえるようにするつもりだった。

　頭を傾けていったん唇を離したあと、すぐにまた合わせる。性急になりすぎるなと自分に言い聞かせながら踊るように軽く唇を動かし、ノラがこちらの感触に慣れるまで待った。彼女の両手がタイタスの肩まではいあがると、それを先へ進んでもいいという合図だと彼は受け止めた。

ノラに腕をまわしてしっかりと抱き寄せ、唇を合わせたまま口を開く。彼女が肩に指を食い込ませたので、押しのけられるのではないかとタイタスは心配になった。

〝お願いだ。まだもう少し続けさせてくれ〟

偽善のかけらもない誠実で美しいこのキスをまだ終わらせたくない。ちゃんとしたキスとはどういうものか、ノラに示してやりたい。

タイタスが唇の合わせ目を舌でたどると、ノラが口を開いた。おそらく驚いたのだろう。彼が舌を差し入れると、肩に置かれた手にさらに力がこもった。それでも彼女は身を引きもしなければ、彼を押しのけもしない。それどころか頭を横に傾けたので、その無言の誘いをタイタスは見逃さなかった。

社交界で適切とされているルールを完全に無視して、ノラの体をぴたりと抱き寄せる。彼女の背中をなでてあげながらキスを深めた。はじめはおずおずとしていた彼女の舌が、すぐにしっかりと絡んでくる。彼女に正しいキスというものを教えるつもりだったのに、タイタスは気がつくと自らの衝動に翻弄されるようになっていた。いつの間にそうなったのかはわからない。ところが、自制心を失うぎりぎりのところまで追いつめられていた。

懸命に衝動を押し戻して唇を離すと、うしろにさがった。「悪かった、ミス・ロックハート」

ヘイウッドなど目ではない。タイタスこそ鞭《むち》でしたたかに打たれるべきだ。それでもノラにキスしたことを後悔していなかったし、もう一度キスしたいと思わずにはいられなかった。

とはいえ、これ以上続けるわけにはいかない。

彼女が手を口に当て、黄褐色の目で警戒するように見つめている。しかしその目の奥には、別のもの――熱い欲望がくすぶっているのが見えた。「ありがとう。これは……前のとは全然違ったわ」

タイタスは笑った。笑わないではいられなかった。「気に入ってもらえてよかった。だが、これきりにしておいたほうがいい」

ノラが両手を体の脇に落とした。「ええ、そうすべきでしょうね」けれどもそのあと彼女が向けてきた視線に、タイタスの下腹部は完全にかたくなった。焼けつくような熱い視線が体をたどり、ふたたび顔へと戻る。「残念だけれど」

「ミス・ロックハート、きみがいますぐ屋敷の中に戻ってくれなければ、ぼくの自制心は持ちこたえられそうにない」

ノラは目を丸くすると急いで向きを変え、来た道を引き返しはじめた。一度もうしろを振り返らずに屋敷の中へ入っていく。

タイタスはため息をついた。彼女が逃げだすあいだ、息を止めていたのだ。信じられない。いやらしい獣みたいなまねをしてしまうとは。

自分がいままさにしたようなことをするなと、ヘイウッドを脅しつけたというのに。どういう気持ちだったかは違うとしても、結局のところ同じ行為だ。もっと丁重に扱われてしかるべき女性の評判を失墜させるという結果に変わりはない。ノラはようやくいま、九年前に手に入れるはずだった人生を自分のものにしようとしているのだ。

ノラが求めている生活を自ら与えることもできると、心の中の声がささやいた。彼女と結婚すればいいのだと。だが妻を求めてはいない。本当は早く結婚すべきなのだろうが、妻なんて面倒なものは欲しくもなければ必要としてもいないのだ。それにもし結婚するとしても、相手はノラ以外の女性だ。過去の真実、すなわち九年前の件でタイタスが果たした役割を知られれば、必ず軽蔑される。彼女にはその権利があるし、そんな中で幸せな結婚生活を築けるとは思えない。

やっぱりノラにはもっと高潔な男がふさわしい。たとえばドーソンのような男が。しかもドーソンは明らかに妻を求めている。あの男ならノラをきちんと扱い、快適な生活を与え、彼女に過去を忘れさせられるだろう。

けれどもタイタスの心の片隅には、ノラにいまのキスを忘れてほしくないと願う気持ちがあった。彼はけっして今日のキスを忘れない。

翌日の夜、ノラと・レディ・サターフィールドは社交界の行事の中でもひときわ盛大な舞踏会に向かっていた。コルン公爵夫妻が主催するその舞踏会は、ノラがこれまで耳にしたさまざまな噂のすべてを上まわる豪華さだという。しかもその日の午後、公園でずいぶん多くの噂を聞いているのだ。

レディ・サターフィールドが窓の外に目を向け、首を伸ばすようにして通りを見渡した。

「まあ、渋滞しているわ。ものすごい人出になりそう。夫がわたしたちをうまく見つけられるといいんだけれど」ノラに向けた表情は生き生きとしている。

サターフィールド卿はクラブへ行ったあと、ふたりと合流する予定になっていた。

伯爵夫人は目を輝かせながら、話題をノラに戻した。「教えてくれないかしら。今夜は誰と一番踊りたいの？」

ケンダル公爵。

答えはすぐに浮かんだが、ノラは口にしなかった。どちらにしても、彼は今晩現れない。

「ミスター・ドーソンと踊れたらと思っています。それにマーカム伯爵やミスター・ギルクリストとも」

「ミスター・ドーソンはあなたを好ましく思っているようだけれど、あなたのほうはどうなの？」

ドーソンは話していて楽しいし、じゅうぶん魅力的な男性だ。でもドーソンはケンダル公爵ではない。ノラは昨夜のキス以来、公爵のことしか考えられなかった。「とても感じのいい人だと思います」

レディ・サターフィールドがスカートをなでつける。「あらそう。でもそれって恋をしているという感じではないわね」

「別に嫌いというわけではありません。彼のことは好きです」

「だけどそれは、ミスター・ドーソンに結婚を申し込まれたら承諾してもいいと思うくらいの好きなの？　男性をただ好きなのと、一生をともにしてもいいと思うのとでは、まったく違うわ。好きという気持ちだけで結婚できる女性も中にはいる。でも愛や……情熱を感じる相手とでないと結婚したくないと思う女性もいるわ」伯爵夫人は問いかけるようにノラを見た。

昨夜ケンダル公爵とキスをしたとき、たしかにノラは情熱を感じた。いくらドーソンを好ましく思っていても、彼とのキスで同じような情熱を感じられるとは思えない。本当にそうなのか確かめたいという気持ちにすらなれなかった。

「とにかく、あわててミスター・ドーソンに決めてしまう必要はないわ。ほかの男性に関してても同じよ。あなたの人気は上がる一方ですもの。これから何人もの男性があなたを取りあうでしょうからね」レディ・サターフィールドはにっこりして身を乗りだすと、ノラの膝をやさしく叩いた。

「ありがとうございます」急ぐ必要はないと言われて、ノラはほっとした。すべてがあまりにも速く進んでいる。ほんの少し前まで食べていくための職探しに奔走していたのに、いまや社交界で注目される存在になっている。

どんなドレスを着るかさえなかなか決められないのだから、花婿を選ぶというのは眩暈《めまい》がするほど難しい作業だ。

気がつくと、セント・アイヴスでの静かな生活が恋しくなっていた。薔薇の世話をし、本を読み、妹を訪ねる生活が。いまは毎日ジョーに手紙を書いて、返事を待ちわびている。ジョーも毎日手紙をくれていた。妹は姉がやり直せる機会を得られたことを喜んでくれているると同時に、あまりの幸運にノラと同じくらい驚いている。一方、父親は妹夫婦のところに落ちついたという手紙を一度くれたきりだ。戻れる家がなくなってしまったことが悲しかった。いまのノラにとって、家と呼べる場所はサターフィールド家の屋敷しかない。だから、そこをわが家と思うべきなのだろう。

「それで、あなたはどんな結婚がしたいの?」レディ・サターフィールドがきいた。「わたしは二度も愛する人と出会えて本当に幸運だったわ。正直に言えば、あなたにもそんな結婚をしてもらいたいのよ」あたたかく心がこもった言葉に、ノラは感謝の気持ちでいっぱいになった。いろいろな意味で、伯爵夫人は母親のような存在になっている。ノラの人生に訪れたこの急激な変化の中で、一番すばらしいのは彼女と出会えたことだ。けれどもそう考えたそばから、ケンダル公爵のキスが頭に浮かんだ。もしかしたら一番すばらしいのは別のものかもしれない……。

「愛に満ちた結婚ができればいいとは思いますが、この年ですから幻想は抱いていません。一緒にいて楽しくて尊敬しあえる人を夫にできれば、じゅうぶんです」

「心から望んでいるわけではないもので満足しないことよ。あなたにぴったりの人が必ずいるわ。わたしにはわかるの」

レディ・サターフィールドは窓の外に目を向けた。「やっと着いたわ」

従僕が扉を開け、伯爵夫人を馬車からおろした。夜の空気はひんやりしているが、湿っぽくはない。

ノラは従僕が差しだした手につかまって踏み段をおりた。レディ・サターフィールドと一緒に、壮麗な屋敷の玄関へと向かう。コルン公爵夫妻の屋敷はアッパーグロヴナー通りの中心という富裕層ばかりが集まっている地区にあった。社交界にデビューした当時、恐れ多さに足を踏み入れることさえ望めなかった場所だ。だがどうやらいまや社交界のもっとも上位に属する人々の輪の中に入り、〝雲の上の存在〟たちと交われるようになったらしい。ノラはまるで詐欺師になった気分だった。

屋敷に入ってコルン公爵夫妻への挨拶をすませると、ノラは物思いにふけりはじめた。人前で恥をかかない程度の注意だけを周りに向けながら、何度も繰り返した空想へと心をさまよわせる。夫を選ぶ必要がなく、自立して気ままに生きていける未来。そんな夢の世界では、悲惨な結果を招くことなく誰とでもキスができるのだ。

「ミス・ロックハート、今日は一段とお美しい！」ドーソンが濃茶色の目に称賛をたたえながら、笑顔で近づいてきた。「ぜひ一緒に踊っていただきたくて。一番乗りならいいんですが」

「ええ、あなたが一番ですわ」

「それはよかった。では、ダンスがはじまるときに迎えに来ます」彼は軽く会釈をして離れていった。

続く一五分間で、ノラはひと晩分のダンスの申し込みを受けた。これこそ望んでいた状況のはずで、もっとわくわくしてもいいはずだった。

それなのにいざそうなってみると、自分が喜んでいるのかどうかよくわからない。九年間におよんだ田舎での生活が体にしみついてしまったのかもしれない。

ノラはドーソンと踊りながら、彼との結婚について想像してみた。レディ・サターフィールドが言っていたような情熱を、彼には感じない。とはいえ、彼がどこから見ても好ましい夫になることは間違いなかった。

でも、なんてつまらないのだろう。

夕食がはじまる前に、ノラはさらにふたりの男性と踊った。曲が終わり、パートナーだった男性が彼女をダンスフロアから連れだす際、夕食には残れないのだと謝った。そのとき、ノラは突然喜びに包まれた。レディ・サターフィールドの横に、今夜は絶対に会えないと思っていた男性――禁断の公爵――の姿を見つけたのだ。

近づいていくノラを見つめるケンダル公爵のエメラルド色の目は、誘惑するような暗い光を帯びている。まるで彼女を招き寄せているかのように。

ノラはそれに引かれるごとく公爵に向かって歩いた。まだ残っている彼の唇の感触が背中を押す。

「こんばんは、ミス・ロックハート」魅惑的な低い声が響いた。

ノラは膝を曲げてお辞儀をした。「こんばんは、ケンダル公爵。今夜お会いできるとは、なんてうれしいんでしょう」直接問いかけるつもりはないけれど、公爵がなぜ舞踏会へやってきたのか尋ねたくてたまらない。彼の出席はきっと騒ぎを引き起こすだろう。

ケンダル公爵の口の端がぴくりと持ちあがった。笑みとは呼べないほどのかすかな動きだが、こちらの考えを見抜いたのだとノラは確信した。公爵は感情を表に出さないものの、目の輝きを見ればわかる。面白がっているのだ。公爵が現れた理由を、ノラはますます知りたくなった。

「次のダンスを一緒に踊ってもらえるかな？」

それは無理だ。ノラの体を失望が走った。多くの男性にダンスを申し込まれたことが急に恨めしく思える。「ごめんなさい。相手が決まってしまっているので」

ケンダル公爵の目の輝きが陰る。「では、散歩で我慢するしかないな」

「そうね、夕食のあとに」レディ・サターフィールドが口を添えた。

ノラは伯爵夫人の存在をすっかり忘れていた。そもそも舞踏会の最中だということも忘れ、世界に自分とケンダル公爵しかいないような気分になっていた。ばかばかしいほど浮かれた気分に。

サターフィールド卿も加わった。「ケンダル、驚いたよ。社交界のみんなに衝撃を与えようという新たな試みなのかな？」義理の息子ににやりと笑ってみせると、妻のほうを向く。

「では、夕食のテーブルにつくとするか」

「そうですね」ケンダル公爵はノラに腕を差しだし、サターフィールド伯爵夫妻の前を歩きだした。食堂に入ると、ノラが見たこともないくらい豪華な光景が広がっていた。数えきれないほどの皿と銀器とグラスがテーブルの上できらめいているさまに、頭がくらくらする。

ノラはケンダル公爵に顔を寄せた。「気が遠くなるような数のお皿とグラスね」

ほかの人たちには聞かれたくなくて小声で話した。部屋じゅうの目がこちらに向いていて、人々がひそひそと話しあっているのが聞こえる。自分たちがいまサタ―フィールド家の庭にいるのだというふりをしたくなった。いや、別の場所でもいい。ここ以外のどこかなら。

ケンダル公爵はノラをレディ・サタ―フィールドの隣の席に導いた。「これほどの規模の催しを開くなんて、とても考えられないな。義母が毎年開いている舞踏会でさえ怖気づくほどなのに」ノラが椅子に座って公爵の手が離れると、彼女は急に寒々しい思いにとらわれた。

レディ・サタ―フィールドはノラと義理の息子を順に見た。「規模が違っても、手間はたいして変わらないのよ。これほど盛大な舞踏会を開くには、うちは広さも使用人も足りないけれど。でもそれさえあったら、わたしだって開くわ」楽しそうに微笑む。「ノラ、あなたも結婚したら、こういう舞踏会を開くことになるかもしれないわね」

社交界を追放されて間もない頃にはノラもそういうことを夢見ていたが、実現するとは露ほども思っていなかった。こうして上流社会の中でもえり抜きの人々――雲の上の存在――と同席し、以前なら考えられないほど親しくつきあっているいまでさえ、やはり実現するとは思えない。しかもこうして状況が変わってみると、自分が本当にそういうことを望んでいるのかどうかもわからなくなっていた。

ケンダル公爵が従僕に赤ワインにしてほしいと合図し、ノラに向き直ってきいた。「赤ワインとマデイラ酒、どちらにする？」

ノラは従僕を見て返した。「マデイラ酒をお願い」

ケンダル公爵をはさんでノラとは反対隣に座っている女性が、彼に話しかけた。「今夜ここでお会いできるなんて本当にうれしいわ。今年はロンドンでずいぶん精力的に外出なさっているのね」

公爵が家族以外の人と話をしているところを見るのははじめてだ。レディ・サターフィールドが主催した舞踏会やピクニックでは、彼は義理の両親かノラとしか話していない。

ノラは興味をそそられて、ふたりを見守った。

ケンダル公爵がその女性のほうに顔を向けてしまうと、ノラはわずかな有り金をはたいてもいいから、彼がどんな表情をしているのか見たくなった。全身を耳にして彼の返事を待つ。

「ええ」

短いひと言に多くの意味が込められているのがわかったが、もっとも前面に出ているのは〝二度と話しかけるな〟ということだ。

とにかく、ノラはそう感じた。

公爵がノラのほうに顔を戻す。「舞踏会を楽しんでいるかい？」

「ええ、おかげさまで」ノラがすばやく周りに目を走らせると、予想にたがわずみんながふたりを見つめていた。懸命にその視線を無視しながら、ケンダル公爵がこれほど超然としていられる秘訣《ひけつ》はなんだろうかと考えた。彼には他人の視線に動じる様子がまったくない。

「ねえ、どうやっているの?」彼にささやく。

「なんだって?」ケンダル公爵の返事はささやきにしては大きかったものの、声の調子はやわらかく、その低い響きにノラは体が震えた。

「どうやったら周りを気にしないでいられるの?」

「ああ、そのことか。それについては別のときに話そう。必ず機会を作るよ。約束だ」彼がかすかな笑みを浮かべる。

そのあとは、レディ・サターフィールドがほとんどずっとしゃべっていた。食事が終わりに近づくと、彼女はノラの向こう側にいる義理の息子にきいた。「ケンダル、あなたはこのあとも残るの?」

彼は首を横に振った。「これだけいれば、じゅうぶんでしょう。違いますか?」ユーモアを込めて眉を上げる。

伯爵夫人は低く笑った。「そうね。あなたにノラと踊ってもらえなくて残念だったけれど。でも彼女にはもう、あなたの助けは必要ないかもしれないわ」

やはりそうなのだ。ケンダル公爵がノラに関心を向けてくれるのはレディ・サターフィールドに頼まれたからではないかと、ずっと疑っていた。それがいま確かめられたのだ。でもそれならどうして、彼はキスをしたのだろう。ノラは急に落ちつかない気分になり、ちらりと公爵を見た。

周りの人々が立ちあがってテーブルから離れはじめている。ケンダル公爵もノラを椅子から立たせ、一緒に食堂を出た。舞踏室に着くと、彼はノラの手を取って唇をつけた。「一緒に過ごせてよかったよ、ミス・ロックハート。このあとも楽しんでくれ」

「ありがとう。そうするわ」その返事とは裏腹に、この一時間ほどは楽しめないだろうとノラにはわかっていた。ケンダル公爵にとってはすべてが義務でしかないのだとわかるまでは、本当に楽しかったのに。〝禁断の公爵〟が一緒にいてくれるのは、義母のためなのだとわかるまでは。

舞踏室から出ていくケンダル公爵を見送りながら、ノラの心は千々に乱れていた。最初は彼も、義母に頼まれたからという理由で動いていたのかもしれない。でもキスをしたときの情熱的な振る舞いや、話しているときに垣間見せるユーモアや、さっき夕食の席でしてくれた約束は、偽りのものとは思えなかった。やっぱり違う。公爵がノラに無関心なわけではない。でもだからといって、彼女が社交界でうまくやっていけるように手助けする以上の関係を、公爵が求めているとも思えなかった。

それからノラは何人もの男性と踊った。けれどもどの男性と踊っていても、エメラルド色の目と誘うような笑みばかりが思い浮かび、レディ・サターフィールドと一緒に馬車に乗り込む頃には疲れきっていた。

「こんな催しが次々にあって、どうしてみんなはきちんとこなせるんでしょう」ノラは思わず弱音を吐いた。一日じゅう眠らなければ元気を回復できそうになかったけれど、きっとすぐに起きてしまうだろう。田舎生活で身についた早起きの習慣は、簡単には抜けないのだ。

伯爵夫人が笑った。「いまに慣れるわよ。もちろんわたしは、こんなふうに毎晩出かけたりしないけれど。そんなことをしたら、疲れてしまうもの。若い頃とは違って」ノラを見つめる。「こういう生活が好きではないの?」

ノラはレディ・サターフィールドの気持ちを傷つけたくなかった。ふつうだったら得られない機会を与えてくれている相手に、感謝していないとは思われたくない。「そういうわけでは……ただ、すごく生活が変わったので」

「そうね、しばらくすれば慣れるはずよ。それにいったん結婚してしまえば、どの催しに出席するかは自分で決めればいいの。ケンダルを見なさい。あの子はまったく人づきあいをしていないでしょう?」伯爵夫人は首を横に振った。「今日は来てくれて本当に驚いたわ。明日はその話で持ちきりになるでしょうね。すでにそうなっているかもしれないけれど」

「公爵が来ることを知らなかったんですか?」

「ええ。そもそも来てほしいと頼んでもいなかったもの。もちろん、わたしたちが今日出席するとは伝えてあったけれど」

レディ・サターフィールドは義理の息子に何も言っていなかった。つまり、ケンダル公爵は自分の意思で出席した――ノラに会いに来た――ということになる。そう考えるとさっきから感じていたもやもやが急に晴れ、ほんのりとあたたかい満足感が胸に満ちた。

伯爵夫人が頭を傾けた。「ケンダルのこと、ずいぶん変わった人間だと思っているでしょう？　そう考えている人たちがいることはわかっているの。でも以前の――若い頃の彼がどんなふうだったかを覚えている人たちもいるのよ」

ノラは興味を覚えて、思わず身を乗りだした。「どんなふうだったんですか？」

「正直に言うと、浮ついた根っからの放蕩者だったわ。けれども父親が亡くなって公爵になると、ケンダル――タイタスのほうね――は引き継いだ責任を重く受け止めて、父親がそうなってほしいと望んでいたであろう人間になるために一生懸命努力したの」

ノラは夢中になって耳を傾けた。〝禁断の公爵〟の謎をなんとしても解き明かしたい。「父親がなってほしいと望んだ人間とは？」

「ケンダル――わたしのかつての夫――はわたしが知っている中でもっとも頭のいい人だったわ。領地を完璧に運営し、議会ではつねになんらかの議題を熱心に擁護していた。彼は改革主義者だったの」レディ・サターフィールドは笑みを浮かべ、思い出の奔流を見つめているような遠い目になった。「彼にはくだらないことに裂く時間がなかった。あるいはくだらないと本人が考えていることに」

「どういうことをくだらないと考えていたんですか？」

伯爵夫人が口の両端を持ちあげた。「こういう舞踏会よ。でも今夜のサターフィールドと同じように、夕食の席には来てくれたわ」

サターフィールド卿は夕食のあともしばらくとどまっていたと、ノラは思いだした。「紳士クラブで長い時間を過ごしていたんですか？」

「タイタスと同じような感じでね――ほとんど個室にこもっていたの」

タイタス。ギリシャ神話のタイタン族（天と地との子どもの巨人族）を思い起こさせる力強い名前。ノラはひとりでいるタイタスを思い浮かべ、その姿に心を惹かれた。どんな姿の彼を思い浮かべても、胃が落ちつかない感じになる。放蕩者だったという若い頃のタイタスを想像しようとしたけれど、うまくいかなかった。「欲望のままに生きていたケンダル公爵なんて想像がつきません」

「そうね。でもそうだったのよ。とんでもないことばかりして、父親を激怒させていたわ」

レディ・サターフィールドがやさしい表情で首を横に振った。

「どんなことですか？」

「不良仲間とつるんで二頭立て四輪馬車《フェートン》で競走したり、ギャンブルにふけったり、しょうもない人たちのやりそうなありとあらゆることをやっていた。とても目立っていたのよ。社交界にデビューした当時のあなたが彼に気づかなかったのが不思議なくらい。ちょうどあの頃だったはずなのに」

ノラは思いだそうとしたが、まったく記憶になかった。「たぶん行動範囲が異なっていたんだと思います」ヘイウッドと親しくなった頃は、社交界の中でも上の階層の人々とはまだほとんど接点がなかった。そして、そのあとすぐにスキャンダルを起こしてしまったのだ。

「もちろん、当時の彼はまだケンダル公爵の称号を継いでいなかったわ。レイヴングラス侯爵と名乗っていたのよ」

ノラは一瞬その名前に聞き覚えがあるような気がしたものの、はっきりとは思いだせなかった。

屋敷の前に止まった馬車の中で、レディ・サターフィールドがあくびをした。「やっぱり今日は疲れたわ。明日はゆっくり休みましょう。あさってはまたうちでお茶会を開くから、それまでに元気を取り戻さなくては」

明日一日ゆっくりできると思うと、ノラはうれしかった。それなのになぜか、落ちつかない気持ちが消えない。レイヴングラスという名前が気になってしかたがなかった。とはいえ、どんなに頭をひねっても、当時のケンダル公爵を思いだせない。その晩ベッドに入ってからも、レイヴングラスという名の放蕩者について考えつづけたけれど、その放蕩者がどうやって〝禁断の公爵〟へと変貌を遂げたのか、どうしてもわからなかった。

10

タイタスは舞踏会のあとで愛人の屋敷を訪ねた。だが従僕がイザベルは劇場へ行ったと言うので、帰りを待つことにした。グラスにウイスキーを注いだものの、ゆっくり座っている気にもなれず、部屋の中を落ちつきなく歩きまわった。

イザベルは帰宅すると、寝室の隣の小さな居間に華やかな姿で入ってきた。金色のリボンがついたきらきら輝くルビー色のサテンのドレスをまとった様子は、観賞用の宝石そのものだ。人に自慢してみせるための装飾品だ。

タイタスはイザベルとノラを比べずにはいられなかった。ノラが舞踏会のときに着ていた濃い琥珀色のドレスはシンプルだがエレガントで、赤褐色の髪や黄褐色の目に鮮やかに映えていた。より派手でわかりやすく人目を引くイザベルに対して、ノラの静かな魅力は気づかないうちに男をからめ取る。いったんそうなると、けっして逃れられないのだ。

しかし彼は逃げだした。人々の注目と噂の的にならないためには、そうするしかなかった。

「まあ、ケンダル。なんてうれしい驚きなのかしら」イザベルがゆったりとした口調で言い、毛皮で縁取りをしたショールを長椅子に置いた。「準備をするから、二、三分待っていただける？」そう断って寝室に向かおうとした。

「待ってくれ。少し……話したい」タイタスは暖炉のそばにある肘掛け椅子に座って、食器棚の上にあるウイスキーのグラスを持った。その手で彼女も座るよう合図する。

イザベルは戸惑った様子で長椅子に浅く腰かけた。「わかったわ。それで、なんの話をするの？」手袋をはずして横に置き、息をのむほど美しく結いあげられた髪から羽根をはずしはじめる。

彼は肩をすくめた。「天気でも、いま見てきた舞台でも、なんでもいい」

「なるほど。あなたは話をしたくてここに来たけれど、とくに決まった話題があるわけではないのね」イザベルははずした羽根を手袋の上に重ねた。「はっきり言わせてもらうわ。あなたはばかげた意味のない行動には我慢ならないという噂なのに、どうしてわたしを雇ったの？」

タイタスは顔をしかめたくなる衝動を抑えながら、ウイスキーにふたたび口をつけた。

「そうだ。ぼくはばかげた行動には我慢ならない」

彼女がすっと目を細める。「高級娼婦がたいてい持っているようなずるさや陰険さが、わたしにはない。だから選んだんだって言ったわよね。それに加えてわたしが舌を押さえつけ、おとなしく口を慎むことを望んでいるの？　記憶によれば、わたしの舌使いがとても気に入っていた様子だったけれど」

イザベルはタイタスに雇われた夜の話をしていた。この小さな屋敷に彼を連れ帰り、自分が持っていると主張した技能の一端を実演してみせたのだ。彼女は疑いの余地なく、卓越した愛人だ。それ以来、タイタスはここの家賃を払っているが、彼女にはまったく手を触れていない。

「忙しかったんだ」金を払っているのに恩恵を受け取らない理由を、イザベルは尋ねなかった。しかし、タイタスは理由を説明しなければならないという気持ちに駆られていた。ばかげた行為は嫌いだと言いながら、そういう行為をしている。

イザベルはきれいに爪を整えた手で、スカートをなでつけた。「でもようやく今晩来てくれて、うれしいわ。あなたとはもっともっと親密になりたいもの」あからさまな誘惑に満ちた視線に、誤解の余地はまったくない。これからタイタスと寝室へ行き、彼が望むことをなんでもする気でいる。

だがタイタスはそんなことをしたくなかった。イザベルと出会った次の日に、ノラと出会ってしまったから。

イザベルが彼をじっと見つめる。やがてその顔から誘惑するような表情が消え、代わりに戸惑いが広がった。いきなり立ちあがると食器棚まで行き、ウイスキーをグラスに注ぐ。

「お代わりはいる?」

タイタスはテーブルの上のほぼ空になったグラスに目を向けた。「ああ、頼むよ」

イザベルがデカンターを持ってゆっくりとタイタスに近づき、グラスを満たした。それからまた食器棚まで戻り、グラスを手でもてあそびつつ振り返った。彼を見つめながら、グラスを口に運ぶ。「何かがおかしいわ。あなたはわたしを求めていないんじゃないかしら。前は求めていたのに。何があったの？　ほかの女性に出会ったとか」

タイタスはためらわずに返した。「そうだ」

彼女が口をぐっと引き結ぶ。「やっぱり。それならいいわ。わたしに興味を示してくれている男性はほかにもいるから、パトロンはすぐに見つけられる。でも、そのあばずれが誰かは教えてちょうだい。今度会ったらマデイラ酒を浴びせてやれるように」

イザベルの口調にひそむ毒に、彼は笑いそうになった。高級娼婦たちにもパトロンをめぐる縄張り争いがあるのだ。「いや、そういうことではないんだ。彼女はなんていうか……きみみたいな女性じゃない」

一瞬目を見開いたあと、イザベルは長椅子に戻って腰をおろした。「雇われたとき、あなたとの関係については、会話の内容も含めて絶対に口外しないよう要求されたでしょう。あのとき秘密を守ると誓ったし、いまでもその誓いを破るつもりはないわ。そのうえできくんだけど、彼女の話をしたい？」

話したかった。イザベルと何もかも忘れてベッドで過ごせればと思ってここへ来たものの、やはりそんな気にはまったくなれない。今夜ベッドへ連れていきたいのは、愛人ではなく別の女性だ。

タイタスは咳払いをした。「ノラっていうんだ。彼女に……その……惹かれている」

「まあ、幸運な方。公爵をつかまえて、大喜びしているでしょうね」

彼は暗い表情になった。「それが……そういう関係ではない。ノラはぼくの義理の母親の被後見人だ」

イザベルが口をぽかんと開けた。「じゃあ、ずいぶん若いお嬢さんなのね」

「いや、若くないよ。きみより年上なんじゃないかな」ノラの正確な年齢は知らないが、おそらく二七か二八だろう。

イザベルは優雅な金色の眉を持ちあげた。「本当に？　どうしてそんな方がお母さまの後見を受けることになったの？」

彼はウイスキーをたっぷり喉に流し込んだ。「細かいところは重要じゃない。要するに、ぼくにはノラを追いかけてはならない理由があるんだ」

「ばかばかしい。あなたは公爵よ。それも〝禁断の公爵〟じゃないの。貴族の中でもとりわけ身分の高い〝雲の上の存在〟よ。あなたなら誰でも好きな人を追いかけられるわ」

〝雲の上の存在〟という言葉で、タイタスはノラのことを思いだした。彼女は〝雲の上の存在〟というひと言で、貴族のあいだにさえ厳然と存在している身分差を言い表した。そういう身分差を、彼は何よりも忌み嫌っている。そんなものが存在するから、イザベルの言ったとおり彼を含む上流階級出身者は何をしても許されるのだ。そしてノラのように少し下の階層に属している場合は、望みどおりに行動することを許されない。こういう差異をもたらすのは、身分差だけでなく男女差でもある。若かった頃のタイタスは、自分に有利なすべてのものをおおいに利用していた。権力も、身分も、男性であることも。

それがノラの失墜へとつながった。

「彼女だけはだめなんだよ」

イザベルはウイスキーをすすった。「それは結ばれることは不可能ってこと？　それともただ追いかけようとしないだけ？　やっぱりわたしには、あなたは自分の好きなようにできるはずだとしか思えない。どんな女性でも、あなたの注意を引けたら喜ぶはずだもの」

視線が彼の股間に落ちる。「爵位があってもなくても」

イザベルが言わんとしていることはもちろん理解できるが、ノラに関してだけはそれが当てはまらない。タイタスはウイスキーを長々と喉に流し込んでグラスをあけると、立ちあがった。「今日ここに来たのは間違いだった」

イザベルも立ち、彼と同じようにグラスをふたりのあいだにあるテーブルに置いた。「これからどこへ行くの？」

そこまでは考えていなかった。今晩ノラのダンスカードを埋めていた男たちをひとりひとり探しだして叩きのめしてやりたいという衝動もあったが、もちろんそんなまねをするつもりはない。そもそもあの舞踏会に出席したことで、世間の注意を引きすぎている。どうしてあんな場所に行ってしまったのだろう。ノラに会いたかったからだ。会いに行かずにはいられなかった。あのキスのあと、頭の中は彼女のことでいっぱいになってしまっている。

イザベルがテーブルをまわってきて、タイタスの胸に手を置いた。最初は反応をうかがうようにそっと置いただけだったが、すぐに彼の上着にしっかり手のひらを押しつける。

「ここにいてくれてもいいのよ」

タイタスは彼女の手をつかむと、静かに胸からどけた。「ありがとう。だが帰るよ。きみは新たなパトロンを見つけるべきだと思う。だが見つかるまでは、もちろん手当を払いつづける」

彼女は口をとがらせ、なんとも魅力的なふくれっ面を作った。何年も練習して磨きをかけたような表情だ。「できればあなたにパトロンでいてほしい」

「悪いがそれはできない」彼はイザベルから離れると、部屋を出て玄関に向かった。

「残念だわ。彼女は幸運な人ね」

タイタスは笑ってしまいそうになった。ノラほど幸運から遠い女性はいない。少なくともこれまでは。だがいまは義母のおかげで幸運をつかみ、ずっと求めてきた未来を手に入れようとしている。その未来に、彼の出る幕はない。

ノラは眠れなかった。いつもなら眠りの神モルフェウスの腕に抱かれている頃なのに、今晩は目がさえて眠れない。舞踏会でタイタスと過ごした時間を、繰り返し思いだしてしまうのだ。そして彼とのキスを。

本を探そうと、静かに階段をおりて図書室に向かった。本でも読めば、高ぶった神経が落ちつくかもしれない。

けれども扉を開けたとたん、落ちつくどころか心臓が跳ね、彼女は固まった。タイタスがウイスキーの入ったグラスを片手に、本棚の前に立っていたのだ。

振り向いた彼が、ノラの体にゆっくりと視線をはわせていく。愛撫《あいぶ》のようなそのまなざしに、彼女は頭がくらくらした。「やあ、また会ったね、ミス・ロックハート」

「ここで何をしているの？」思わず質問を口にしたあと、よく考えずにすぐ言葉にしてしまう自分の軽率さを呪った。「わたしには関係ないわね。お邪魔してごめんなさい」部屋を出ようと向きを変えかけたとき、空気が動くのを感じた。同時に、ノラの腕に彼の手がかかる。

「行かないでくれ」タイタスは最小限の言葉しか発しないことが多いが、短い中に微妙な抑揚があり、さまざまな意味を伝えてくる。いまの言葉には、ただここにいてほしいという誘い以上の感情が込められていた。彼女の感情ととても近いもの――切迫感だろうか。

ノラは顔を伏せ、ローブの袖をなでているタイタスの指を見おろした。いまの彼女は、きちんとした格好をしているとはとても言えない。つまりとうてい許されない恥ずべき状況に、足を踏み入れてしまったのだ。

振り返って彼と向きあう。「こんなふうにふたりきりでいるべきじゃないわ」

タイタスは肩をすくめた。「誰にも知られることはない」手の中のグラスを見おろす。「何か飲むかい？」

ノラは彼を見あげた。「でも、適切な振る舞いとは言えないでしょう？」

「もちろん適切とは言えないが、どうしてそんなことを気にする必要がある？」タイタスはノラをやさしく部屋に引き入れると、彼女の腕をいったん放して扉を閉めた。やはりこんなことは絶対に許されない。いますぐ立ち去るべきだとわかっていたが、ノラにはどうしてもできなかった。ここに残って、彼と一緒にいたい。自分にはその権利があるのではないだろうか。

「それはウイスキー？」ノラは尋ねた。

「そうだ」タイタスは食器棚の前に行った。「同じものでいいかな？　それともシェリー酒にするかい？」

シェリー酒のほうが女らしい選択だが、父親と一緒に何度かウイスキーを試したことがある。「シェリーにするべきだと思うけれど、ウイスキーにするわ」

タイタスが低く笑い、その響きをノラは気に入った。うっとりするような官能的な声だからというだけでなく、それを聞ける人間はほとんどいないとわかっているからだ。なぜかわからないものの、彼は自分の周りに張りめぐらせた壁の内側に、ノラを入れてくれた。そう思うと、彼女は信じられないくらいどきどきした。

グラスを渡されるときに指先が一瞬触れあい、視線が絡んだが、タイタスはすぐに本棚の前へ戻ってしまった。「きみの質問に対する答えだが、本を探しに来たんだ」

ノラがウイスキーを口に含むと、火のように熱い液体が舌を焼いた。思わず咳き込みそうになるのを必死にこらえる。全身の神経が生き生きと目覚めるのを感じた。「あなたのところに本はないの？」

タイタスが振り向いて彼女を見る。「もちろんある。全部読んでしまっただけで」

「全部？」

彼は本棚を示した。「そして残念ながら、ここにあるものもほとんどね」

「レイクムアにある図書室の本は？　やっぱり読み尽くしてしまったの？」

「いや。向こうにはかなりの本をそろえてあるから。いつか見てみるといい」

ノラはそうしたくてたまらなかったけれど、それは本が好きだからではなく、タイタスが住む家を見てみたいという気持ちからだった。「そうしたいわ。あなたのお屋敷にうかがう理由を、なんとか見つけて」

「いまひとつ見つけてあげたじゃないか」

彼女は困惑してタイタスを見つめたあと、口元に笑みを浮かべた。「誰でもしたいことをしたいときにできると、あなたは思っているのね。でも残念ながら、人生はそれほど単純でも簡単でもないのよ」

タイタスが一瞬目を細めた。「そうだな。きっとそうなんだろう。悪かった。とにかく、来てくれればいつでも歓迎する」本棚のほうに向き直ると、ひときわ分厚い本の前にグラスを置く。

ノラは彼にいやな思いをさせるつもりはなかった。「なんでも自分が望むようにできたら、すてきでしょうね。セント・アイヴスではそういう状態に近かったの。わたしが何をしても、気にかける人はたいしていなかったから。いま考えると、とても自由だったわ」

タイタスが振り向かずに返す。「ロンドンで暮らしたあとでは、そうだっただろうな。ここではきみみたいな若い女性は、厳しい詮索の目にさらされているからね」

ノラは彼の横に行った。「〝禁断の公爵〟だって、そうだと思うわ。つまり、問題なのはロンドン――というより社交界だってことね」

タイタスが彼女を見おろした。「まさにそのとおり。きみは自立したいと思うかい？　いや、きくまでもないな。そうに決まっている。誰だってそうだろう」

今度はノラが笑う番だった。「わたしがデビューした年に会った女性たちの中には、自立なんてしたがっていない人たちがいた気がするわ。彼女たちはたぶん、ひとりでは何をしたらいいのかわからないんでしょうね」

タイタスがノラのほうを向いて、本棚にもたれた。ふたたび愛撫するような視線を向けられ、彼女は思わず身を寄せてしまいそうになる。「だが、きみはそうじゃない。きみなら何をしたいか教えてくれないか？」

ノラはウイスキーをふたたび口に含んだ。幸い、今度のひと口はさっきよりもずっと抵抗なく喉を流れ落ちた。「自立して好きなように生きていけたら？」彼がうなずいたので、言葉を継ぐ。「田舎に住むわ。ロンドンでも美術館に行くとかやりたいことはあるけれど、ずっと暮らしたいとは思わない。小さな村がいいわ。市が立つ日が大好きなの」

「ひとりで暮らすのかい？」タイタスは本当に興味を持っているようだ。

「まったくのひとりじゃやっていけないから、使用人が少なくともひとり欲しいわ。できればふたりいて……夫婦がいいかも。妻には家事や料理を、夫には庭の手入れや家の管理をしてもらえるから」

「ちゃんと考えてあるんだな」

ノラは楽しくなって顔がほころんだ。彼と一緒に過ごすと心が躍る。「じつは、いま考えたの」

「使用人以外には、誰もいらないのかな？　たとえば夫とか。きみは結婚したいんだと思っていた」

ずっとそう思っていたにもかかわらず、そんな生活に手が届きそうになったいまはよくわからない。どうしても妹のことを考えてしまうのだ。「わたしの妹は地元の牧師と結婚しているの。それなりに幸せそうではあるけれど、いまの生活に満足しているようには見えなくて」ノラは首を横に振った。「ごめんなさい、意味が通らないわよね」

「いや、言っていることはよくわかる。きみは妹さんと同じようにはなりたくないんだね。結婚にもっと多くのものを求めているんだ」

タイタスはきちんと理解してくれている。「もしかしたら、こんなふうに結婚相手を探すには年を取りすぎてしまったのかもしれない。わたしは恩知らずだわ。寛大なレディ・サターフィールドからこれ以上ないほど親切にされているのに」

ふたりのあいだの距離が急に縮まって、ノラは彼が近づいたことを悟った。

「そんなふうに考えてはいけない。義母はきみに、望んでもいないことをしてほしいとは思っていないはずだ。結婚したいという気持ちが変わったのなら、ちゃんと伝えたほうがいい」

ノラは会話に集中できなくなっていた。タイタスがこれほど近くにいては、とうてい無理だ。「正確には、結婚したくなくなったわけじゃないの。間違った男性と結婚するくらいなら、このままひとりでいたほうがましだと思うだけ」

「きみは賢い女性だ、ノラ」彼は目を一瞬閉じたあとでぱっと開いた。瞳の鮮やかなエメラルド色がまぶしすぎて、ノラは思わず目をつぶりそうになった。「すまない、ミス・ロックハート。なれなれしくしすぎてしまった」

もっとなれなれしくしてほしいと言いそうになったものの、彼女はぎりぎりのところで踏みとどまった。これほどタイタスに魅入られているのに、よく自分を抑えられたものだ。でも、そんな状態から抜けだしたいとは思わなかった。

「どうしたら周りを無視できるのか教えてくれるって、約束したでしょう？　いま話してもらえないかしら」

タイタスが眉を持ちあげた。「それは極秘中の極秘なんだ。〝禁断の公爵〟という評判は、そこにかかっているからね」彼が茶目っけたっぷりにぐるりと目をまわしてみせたので、ノラは驚いた。いまの彼はとても……親しみやすく見える。〝禁断の公爵〟というあだ名にそぐわないくらいに。「〝禁断の公爵〟なんて、ばかげたあだ名だ」

「でも、とてもすてき。人は手に入らないものを欲しがるものでしょう？　〝禁断〟と聞くだけで、とてつもなく魅力的に思えるわ」

タイタスがさらに身を寄せる。「そうだろうか」

ノラは息ができなくなった。体がかっと熱くなり、彼への欲望がみぞおちの奥で芽生える。

けれどもそんな変化を、なんとか表には出さずに押し込めた。「ええ」

「ではきみにうっとりしてもらえるよう、ぼくは〝禁断〟の存在でいつづけるよ」

口にしてはならない思いを必死に隠し通そうとしていたのに、その努力がこの瞬間に砕け散った。「それは残念。あなたにまたキスをしてもらいたいと思っていたのに」

「きみがそう言ってくれないかと思っていた」タイタスは一瞬もためらわずに唇を重ねた。前のキスはすべてがゆったりとしていたが、今回はまったく違う。彼は先に進もうという強い意志にあふれ、すぐに舌を侵入させてきた。ノラは従順に口を開き、彼の肩につかまろうとしたものの、まだ手にウイスキーのグラスを持っていることに気づいた。

ノラの心を読んだように、タイタスがグラスを取りあげた。すぐにグラスを本棚に置く小さな音が彼女の耳に届いた。

タイタスがノラの腰に腕をまわして、きつく抱き寄せた。寝間着とローブを身につけていても、彼の体の熱と重みが容赦なく伝わってくる。彼女はそれを不快には感じなかった。それどころか、何もさえぎるものなしに彼を感じたかった。上着越しにタイタスの胸に手を置いて、上へ滑らせていく。やがてシャツの襟を過ぎ、素肌に触れると、首のうしろに手をまわして絹のような感触の髪に指を通した。

タイタスの舌が深く侵入してくる。ノラは興奮に貫かれ、腿のつけ根が熱くなるのを感じた。これほど男性と密着したことはないのに、それでも足りない。ノラは彼の髪をつかんで引き寄せ、夢中で応えた。

タイタスがノラの腰にまわした腕に力を込め、激しくむさぼるようにキスをする。そうされるのはすばらしい気分だった。これほどの喜びが体を走り、骨の髄まで揺るがすような欲望がわきあがるなんて、想像もしたことがなかった。

それなのに、タイタスがいきなり身を離してうしろにさがった。「ノラ、やっぱりこんなことはよくない」うっすらと口を開けて荒く息をつきながら、彼女を見つめる。

もちろん、よくないことはわかっていた。タイタスが自分の恩人とも言える女性の義理の息子であること、九年前の二の舞になる可能性があることなど――ノラがいますぐ寝室に駆け戻ったほうがいい理由は山ほどある。でもタイタスとこうしていることは、ヘイウッドとスキャンダルを起こしたときとは違う気がした。ヘイウッドはわざと誤解を与えた。はっきり言えば、だましたのだ。一方、タイタスとはこのまま突き進むのが正しいように感じる。ノラが間違っていると、世間から激しく非難されたとしても。「残念ながら、そのとおりね。いくらあなたが欲しくても、そんなことは関係ないんだわ。あなたが欲しくて欲しくてたまらなくても」

正直な思いを告白しても、ノラは恥ずかしいと思わなかった。社会的な常識が、恥を知ることを求めていても。とはいえ社交界のルールを守らなければならないという重圧は感じているので、この場を去るべきだとわかっていた。それなのに足が鉛のように重く、彼とのひとときを切りあげる決心がつかない。

こちらを見つめるタイタスの目に映るのは欲望に違いない。けれども用心深いまなざしでもある。「きみの誘惑に、理性が吹き飛んでしまった」

「あなたがわたしのために禁断の存在でいつづけると言ったとき、わたしの理性も吹き飛んだわ。わたしは手に入れてはならないものが欲しいのよ、タイタス。そう、あなたのことはタイタスと呼ぶわ。あなたもわたしをノラと呼んでくれるなら」

「どうやら、きみもぼくもこの部屋を出ていくつもりはないようだ」

視線が絡みあい、ふたりはまだ抱きあっているかのようにその場から動けなかった。ノラは彼とこうしていることを九年前の過ちと同じとは考えられなかった。しかし、このあとの結果を慎重に考慮したわけではないし、これほど強い欲望や感情を経験したこともない。

「出ていかなくてはと思うのに、どうしてもできないわ」

タイタスのように、誰にどう思われようと気にしないでいたい。でも本当に彼と過ごすたったひと晩と引き換えに、将来を投げ捨てることができるのだろうか。そのときある考えが頭に浮かび、あっという間に口から転がりでた。「誰にも知られるはずがないわ」

タイタスが目をしばたたいた。「なんだって?」

「誰にも知られるはずがないって言ったのよ。わたしたちがここでどういう選択をしようと、誰にも知られるはずがない。使用人たちはみんな、上の階にあるそれぞれの部屋で眠っているわ。見張り役の従僕ひとりをのぞいて。彼はあなたを屋敷内へ通したあと、たぶん玄関に置いた椅子で眠ってしまっているわ」だから今回は評判が地に落ちる心配はない。ノラの将来は安泰だ。タイタスはこれまで彼女のためにいろいろしてくれたのだから、それが台なしにならないよう手を尽くしてくれるはずだ。たしかにノラは同じ過ちを繰り返しているけれど、今回はよくよく考えたうえでの決断だ。「だから大丈夫。誰にも知られない」

彼がうなずいた。その目はノラをけっして失望させないと約束するように熱く燃えている。

「ああ、絶対に」

「わたしたちふたりだけの秘密よ」ようやく心が決まり、わくわくするような期待が体じゅうに満ちるのを感じた。「出ていかないで、残ってほしいの。わたしとここに。そして……続けて。わたしはもう、九年前みたいな何も知らない小娘じゃない。自分がどんな危険を冒すのかは、ちゃんとわかっている。将来を見通すことはできないけれど、今夜はあなたと過ごしたい。あなたが欲しいのよ」興奮と不安に体が震えた。こんなふしだらなことを言う女を、タイタスは軽蔑するだろうか。もしかしたら、拒否されるかもしれない。

「ノラ、本当にいいのか？　いろいろと――」

彼女はすばやく扉まで行って鍵をかけた。鍵がついていて幸運だった。それからタイタスのもとに戻り、彼の唇に指を当てる。「しーっ、いまはそのいろいろなことについて話したくないの。今夜一緒に過ごしてほしいという以外、あなたには何も求めない。名誉にかけてここに残るわけにはいかないというなら、あきらめるわ。でも残ってくれたらうれしい」

タイタスがノラの手をつかんで、口元からそっとはずした。「きみが差しだしてくれている贈り物と比べたら、名誉なんてたいしたものではない。ぼくを好きにしてくれていい。だが選ぶのはきみだ。きみにゆだねる。選択権を。よく考えて決めてほしい」

彼女はうれしさに身震いした。

タイタスが慎重に手を動かし、ゆっくりと上着のボタンをはずしていく。それが終わると、上着を肩から落として椅子に放った。同じようにしてベストも脱ぐ。クラヴァットに手をかけた彼の目の色は濃さを増し、瞳孔が大きくなっている。クラヴァットを取って喉元の素肌をあらわにした。その様子を見守りながら、ノラは自分がこれほど大きな力を手にしていることが信じられなかった。この男性を好きにできるのだ。

いまは自分の頭で考え、好きなように行動できる。タイタスが与えてくれたその権利を、行使するのだ。孤独に過ごした九年間の代償として。どんなものかはわからないが、この先待っている未来のために。

自分自身のために。

ノラは腰のベルトをほどいて、ローブを床に落とした。それから大きく息を吸い、勇気がくじけないうちに寝間着を頭から一気に引き抜く。「これからどうすればいいのか教えて」彼と目を合わせると、ふたりのあいだに欲望が張りつめ、それは目に見えるほど色濃くなった。ノラは息を止めた。

「きれいだ」タイタスが一歩近づき、獲物を狙う獣のような視線で彼女を眺めまわした。体を隠そうとするノラを、タイタスが手を伸ばして止めた。「隠さないでくれ。頼む。見たいだけだ。いいかい？」顔を上げて彼女と視線を合わせる。タイタスの目には欲望だけでなく、彼女への気づかいがこもっていた。もしノラがやめてほしいと言えば、彼は解放してくれるだろう。そのことを、彼女はみじんも疑わなかった。

だから上げかけた手をおろして、懸命に体の力を抜いた。タイタスと過ごす夜は二度と来ない。だから今夜はこの経験に、彼に、全身全霊で没頭したかった。

タイタスがすぐ間近まで近づいてきて、ノラの胸に視線を落とす。見つめられて、乳房がうずいた。触れられてもいないのにこれほど敏感に反応するなんて想像したこともなかった。彼がノラの体を視線でたどりながら、ゆっくり横に移動する。手でなでられるのとは違う刺激だ。

裸で立っているノラは無防備な気分だった。これほど欲望を掻きたてられたのははじめてだ。想像をはるかに超えている。

タイタスが背後にまわったので、首筋に息づかいを感じた。こんなに身を寄せているのに、まだ直接は触れてこない。彼女は興奮に背中がぞくぞくして、胸がふくらむ。下を見ると、乳首がかたくなっているのがわかった。

彼が反対側の横までまわってきて、黒っぽい頭を垂れている姿がふたたび視界に入る。サンダルウッドの香りがふと漂ってきて、ノラの欲望はさらに掻きたてられた。

タイタスと同じように、自分も彼を見つめたい。「あなただけ、ずいぶんたくさん着込んでいるわ」けれどもノラはそれしか言えなかった。しかも声は小さくしゃがれている。

「本当にそうだ」タイタスは椅子に浅く腰かけると、ブーツを引き抜いた。続けざまに靴下をすばやく脱ぎ捨てる。

それから立ちあがってシャツの裾をブリーチズから引きだそうとしている彼の手を、ノラは押さえた。「わたしがやってもいいかしら」

こちらに向けられたタイタスの目はエメラルドのように輝いている。「ああ」彼が手を止めて両脇におろしたので、ノラはシャツを持ちあげた。すると信じられないほどたくましく引きしまった体が現れた。腹部などまるで彫刻のようだ。

タイタスが両手を上げたので、ノラはそのままシャツを引き抜いた。どこに落ちるかも気にせず、シャツから手を離す。何も覆うものがなくなった上半身を見て、彼女の頭は真っ白になった。美しさに圧倒され、言葉が出てこない。

だが彼と違い、触れるのを我慢したりしなかった。すぐに手を伸ばして指先をみぞおちに当てる。あたたかくて、なめらかで、かたい。

タイタスがびくっとして、鋭く息を吸う。

ノラはさっと手を引っ込めると、彼を見あげた。

するとタイタスは彼女の手を取って、自分の胸の上に戻した。さっき触れたところより少し上の場所で、そこはなめらかではなく黒っぽく短い毛が生えていた。「やめないでくれ。きみがやめたいのなら別だが」

ノラはやめたくなかった。だから手のひらを彼の胸に当て、短い毛とその下の肌の感触を堪能した。

「ノラ」声がかすれている。「ぼくもきみに触りたい。触ってもいいかい？」

ノラは自分が許可を求めなかったことに気づいたものの、タイタスに気にしている様子はない。ただ彼女の気持ちを気づかってくれているのだとわかって、ノラは素直にうれしかった。「ええ、どうか触って」

彼女は身をかたくして待った。触れてほしくてしかたがないのに怖くもある。

タイタスは最初にまず肩を指先でなでおろしたあと、肩先から鎖骨を内側に向かってたどった。指先が左右の鎖骨のあいだのくぼみから下に向きを変える。ノラは緊張したけれど、彼の触れ方は軽く巧みだった。指先が胸のあいだを過ぎ、右の乳房の下へと向かう。軽く握った拳が胸の下側をこすると、今度は彼女が息をのんだ。

タイタスが手を持ちあげて、右の乳房を包む。その手つきは信じられないほどやさしく、ゆったりしていた。

「こんなふうにするのは、あなたにとって大変なこと？」

「こんなふうって？」タイタスが胸をやさしく揺すり、親指でこする。親指は少しずつ乳首に近づいていた。

ノラはそのときが来るのを全身で待ちわびた。待ち遠しくてたまらない。「あなたは完璧に自分を制御しているのね。わたしは思っていることを心の中にとどめておくことすらできないのに」

「ぼくの頭の中にはたったひとつの考えしかないからだよ。きみを喜ばせたいという考えしか」

それを聞いて、彼女の膝は震えだした。腿だけでなく脚全体がゼリーに変わってしまったかのように頼りない。

タイタスがノラの腰に腕をまわして、しっかりと支えた。ついに待ち望んでいた瞬間が訪れて、彼の親指が乳首をこすると、信じられないようなことが起きた。タイタスが身をかがめ、胸を口に含んだのだ。

ノラは触れられているあいだずっと、手をタイタスの上に置いたままじっと動かさなかった。けれども急に、それではもの足りなくなった。彼の髪に手を差し入れて握りしめる。彼が抱き寄せる腕にさらに力を込め、ノラを舌で愛撫した。たわむれるかのごとくゆるやかな動きがどんどん情熱的になり、やがてむさぼり食べているとしか言いようのない状態になる。少なくともノラはそう感じた。そんなタイタスの様子を見ているうちに、彼女の中でも急速に飢えがふくれあがる。何に対する飢えなのかはよくわからないけれど、彼がそれを満たしてくれるはずだということだけはわかる。彼女を喜ばせたいという考えしかないと言ってくれたのだから。

タイタスがようやく満足して隣の胸に移るあいだも、ノラはずっと目を閉じていた。頭をうしろに投げだし、両手で彼の髪と肩に必死でしがみつきながら。体が熱くなり、欲望が全身に広がる。腿のつけ根の奥に感じる切迫感が急速にふくれあがっているが、その先に何が待っているのかはわかっていた。彼女が許しさえすれば、何が起こるのかは。

当然、そんなことを許すべきではない。でも、どうしていけないのだろう。これは自分のための夜なのだ。すべての選択は自分自身のもの。タイタスがその権限を与えてくれ、彼女は自らこうすることを選んだ。

タイタスが胸から口を離して、ノラの首筋をやさしく手で包んだ。彼女が目を開けると、タイタスは体を起こしてこちらを見つめていた。口を開くのを待ったが、何も言わない。代わりに口づけをし、唇と舌で彼女を愛撫した。それはノラが想像したことのあるどんなキスとも違っていた。彼の行為はことごとく自分の知識と理解を超えていて、ノラは二七年間も未経験のまま過ごしてきたことに一抹の悲しみを感じた。でもだからこそこのひとときを、タイタスを、最大限に味わわなければならない。彼女は目をつぶり、ふたたび流れに身をまかせた。

タイタスはノラの頭をつかんで激しくむさぼった。大きく口を開いて、自在に舌を動かす。ノラも彼の動きをまねて応えようとしたものの、自分がとんでもなく未熟だと感じずにはいられなかった。

タイタスがノラの腰をつかんで自分に押しつける。胸と胸が合わさり、ノラは彼と唇を重ねたままうめいた。キスで熱くなっていた胸がさらに敏感になる。乳首への刺激が脈打ちながら下腹部まで届く。彼女は思わず腰を突きだした。

タイタスの下半身はまだ服に包まれていたけれど、ノラは密着した部分に高まりをまざまざと感じた。すると下腹部がかっと熱くなったものの、どこかしっくりこない。そこで背伸びをして、彼のものがちょうどいい場所に当たるよう体の位置を調節した。彼が動いてその部分がこすれ、ノラのまぶたの裏に火花が散る。

タイタスは唐突にキスを終わらせた。なめらかな動きでノラを持ちあげ、長椅子へと運んでいく。クッションの上にやさしく横たえ、彼女を見おろした。歯を食いしばっている表情から、ぎりぎりのところで自制心を保っているのがわかる。その自制心を完全に失ってしまうことはあるのだろうか。あるなら見てみたかった。

「ノラ、もうやめてほしいかい？」

「ここで？　ようやく興味深いところに差しかかったのに？」一瞬感じたのはほんの予感のようなもので、本当の喜びにはほど遠い。彼にいまやめられるわけにはいかない。「これからどうすればいいの？　教えて」

「きみは得がたい人だ」タイタスの口元にかすかな笑みが浮かんだ。ノラの足元にあるクッションの上に膝をつく。そして長椅子の背に近いほうの彼女の足首を握って、持ちあげた。反対の手でもう片方の足首をつかみ、親指で愛撫する。「必ずきみに喜びを与えると約束するよ。信用してくれるかい？」

ノラはうなずいた。早くこのじれったい状態から解放されたくて、体が悲鳴をあげている。ふくらはぎから腿へとなであげられると、呼吸は浅く速くなり、血が流れる音が耳の奥で轟音となって響いた。彼が手のひらを内腿に当てて外側に押し開き、もっとも敏感な部分をあらわにする。

彼女はとっさに脚を閉じようとしたが、タイタスは手で押さえてそれを許さなかった。

「ぼくを信用してくれ、ノラ」

タイタスは左手でノラの脚を押さえたまま、右手を腿のつけ根に差し入れた。指先がやわらかい襞の上をかすめると、彼女はあまりにも親密な感覚に驚いて、びくんと腰を跳ねあげた。

けれどもタイタスはノラをしっかりと押さえ込んで手を動かしつづけた。すると、さっき彼のものに体を押しつけたとき一瞬感じたのと同じ喜びが、ノラを包んだ。しかし彼がそこでやめずに刺激しつづけるので、喜びがどんどん大きくなっていく。最初はかすめるようにひそやかな動きを繰り返していた指が徐々に襞の奥へ潜り込み、親指がとりわけ敏感な突起を押さえると、ノラは思わず声をあげた。彼が体を倒して唇を重ねる。熱く湿った口の感触はすばらしかった。

ノラは何かに集中していないと爆発してしまいそうで、懸命にキスを返した。彼の指に侵入されると、またしても腰が跳ねた。

タイタスがキスをやめて顔を離す。ふたりの荒い息づかいが部屋に響いた。けれども彼は手を止めておらず、容赦のない攻撃でノラを狂乱状態へと駆りたてる。彼女は何も考えられなくなり、無我夢中で腰を押しつけた。

耳元にタイタスの息がかかった。「きみのあそこを口で愛撫したい。許可をくれるかい?」

その言葉の意味を理解しようとしたけれど、唇で首筋をたどられ、肌をついばまれると、ノラの頭はまったく働かなくなった。のけぞって頭をクッションに押しつけ、うめき声をあげる。

「ノラ、お願いだ」

彼女はタイタスの背中に指をめり込ませると、なんとか言葉を押しだした。「口を……どこにですって?」

彼の指がまたしても侵入してきて、ノラのまぶたの裏に光が炸裂《さくれつ》した。「ここだ」

〝ああ、なんでもして。あなたのしたいことを〟

心の中で言ったつもりだったのに、声が出ていたらしい。タイタスが彼女の肌の上にキスの跡を残しながら、体を下にずらしていった。彼の舌を腿のつけ根の部分に感じると、ノラは思わず声をあげた。淑女らしくない大声を。

タイタスはもはや時間をかけようとはせず、やさしくもゆったりもしていなかった。胸を夢中でむさぼっていたときと同じように、大胆に唇と舌を動かしてノラを駆りたてていく。彼女はまもなく訪れるとわかっている甘い解放を求めて、体を押しつけた。

タイタスがノラの中に指を突き入れながら、一番敏感な場所を吸いあげる。すると彼女の内側が限界まで張りつめた。時が止まり、体が激しく震える。そして世界が爆発した。

11

タイタスはノラが絶頂に達するのを感じた。指がきつく締めあげられたあと、あふれでたものが舌を濡《ぬ》らす。彼女は与えられた喜びに素直に身をゆだね、頂点に達した。そんなノラを味わいながら、彼は陶然とした。

限界までかたくなった股間のものがブリーチズの中で脈打つ。男性用の服というものは男女の営みに向いていない。タイタスは体を起こしてノラを見つめながら、絶頂の余韻が静まるまで愛撫を続けた。これほど愛《いと》しさを掻きたてられる女性には会ったことがない。愛しいのは真っ白で美しい胸のためでも、なだらかに盛り上がる腰の曲線のためでも、薔薇色に輝くふっくらと豊かな唇のためでもない。彼への心からの信頼や、欲しいものを素直につかみ取る大胆さと勇気のためだ。

タイタスは喜びを与えたいと願い、ノラはそれを余すところなく受け取った。受け取ったというより両手で貪欲につかまえ、人間が得られるもっとも根源的な喜びを味わったのだ。そんな彼女に、ただただ見とれてしまった。

だがノラにもうやめてほしいと言われたら、タイタンはなんとしてもここでやめるつもりだった。彼女を喜ばせるという目的はすでに達したのだから。想像を絶するほどに。そもそも今夜この屋敷に来たのは、自分を完全に虜《とりこ》にしてしまった女性と同じ屋根の下にいたいというだけの理由からだった。こんなふうに夜中の図書室で出会えるとは夢にも思わず、それどころかこんな成り行きになるなんて想像もしていなかった。もちろん、妄想にふけらなかったわけではない。一糸まとわぬノラが目の前で無防備に横たわり、全身を喜びに紅潮させている光景は、数えきれないほど繰り返し頭に描いた。

彼女が目を開け、驚きに打たれたような表情でタイタスを見つめる。

彼はなんとか言葉を押しだした。「ノラ、もしここでやめてほしいなら、いますぐ言ってくれ」

彼女がふくらんだブリーチズの前を見おろす。「あなたはどうするの？」

「ぼくのことはどうでもいい。きみが望むようにしなくては」

「じゃあ、わたしはまだ満足していないわ。わたしたちふたりとも、これだけでは満足していないはずよ」ノラが体を起こして、ブリーチズの前に手を伸ばした。

タイタスはその手をつかんで止めた。「ノラ、もしこのまま続けたら、きみはもういままでのきみではなくなる。わかっているのか？」

「わたしはもういままでのわたしじゃないわ。それがうれしいの。あなたのおかげよ」彼女が眉を上げる。「わたしがこのままあなたを解放してあげると思っているなら、何もわかっていないのね」

ノラが貪欲に目を細める様子を、彼は愉快な気分で見守った。「きみは独裁的な人なんだな」

「ええ、そうなる必要があるときは。ねえ、タイタス……」

ノラが言葉を探しあぐねているのを見て、彼は助け船を出した。「では、きみがそう望むのなら」

「ええ、わたしはそう望むわ」彼女はタイタスの手を押しのけると、ブリーチズのボタンをはずして前立てを開いた。ブリーチズを引っ張って命令する。「脱いで」

タイタスは立ちあがって残りの服を脱ぎ、完全に裸になった。かたく大きくなった部分にノラの視線が張りついたが、想定内だったので動じなかった。だが彼女が手を伸ばして指先をそこに滑らせたときは驚いた。驚くべきではなかったのに。

ノラが鋭く息を吸い、タイタスの先端から液体がにじみだして玉となっていくのを見守る。もう一度かたいものを根元からなであげると、玉のような液体に慎重に触れて、彼を見あげた。「これはどんな味がするの？」

タイタスは噴きだしそうになるのをこらえようとして失敗した。「残念ながら、ぼくにはわからないな」

ノラがゆっくりとうなずき、その部分に視線を戻す。「ここは思っていたよりもずっとやわらかいのね」どうすれば相手を喜ばせられるか本能的にわかっているかのように、そこに指を巻きつけた。少なくとも、彼にはそうとしか思えなかった。

「きみにはとんでもない才能がある」

「本当に？」ノラが愛撫の手を止めないので、タイタスは腰を突きださずにはいられなかった。さっき彼女が絶頂を極めたときはなんとか踏みとどまったものの、彼ももう少しで達するところだったのだ。「また出てきたわ」彼女はつぶやくやいなや、顔を伏せてにじみでた液体を舐め取った。

「何をするんだ、ノラ。きみはぼくを殺すつもりか」

「ふうん。少ししょっぱいのね。あとでもっと……出てくるのかしら」

「ぼくが達したときにね。さっきのきみと同じように」

「でも、これには子どもを作る力があるんだわ。それが問題よね」ノラが顔をしかめた。こうして話しているあいだも、手をゆっくり上下させる動きを止めない。タイタスにとっては甘い拷問だ。

しかも、彼女が言っていることは正しい。「予防する方法があるんだ」タイタスは歯を食いしばるようにして言った。「絶対確実とはいかないが、それを言いはじめたらきりがない」

「じゃあ、その予防法とやらをお願いするわ。それで続けましょう」ノラが手に力を込め、無意識のうちに彼をいかせてしまいそうになる。

「ずっと続けているじゃないか。きみは自分が何をしているのか、まったく気づいていないのか？」

彼女がまた眉を上げる。「わたしはばかじゃないのよ」

「ああ、そうだ。きみはばかじゃない」

タイタスはノラをもう一度長椅子に押し倒すと、脚のあいだに入った。「優雅にとはいかないかもしれないが、許してほしい。処女とは一度も経験がないんでね」

「あなたは今夜のここまでの成り行きを、ちゃんと理解していないのね。気づいていないようだから教えてあげるけれど、わたしはいまとても楽しんでいるの。この先へ進んでも、それが変わるとは思えないわ。あなたは気を使いすぎよ」ノラが彼の腰をつかんで引き寄せる。「お願い、タイタス。その予防措置とやらを忘れないようにしてくれさえすればいいから」

そうだ、そのためには完全には理性を失わないようにしなければならない。だが先端がノラに触れたとたん、タイタスは果ててしまいそうになった。どうすればいいのか自信が持てないまま、なんとかこらえて彼女の中に入っていく。するとそこは信じられないほどきつかった。濡れそぼっている内側ががっちりと彼のものを締めつけ、ゆっくりと進むあいだもまったくゆるむ気配がない。

ノラが緊張して身をかたくしているのに気づいて、タイタスは快感を与えられる敏感な突起に手を伸ばした。彼女が体の力を抜くまで、そこをそっとこする。それから一気に貫いた。

彼は体を倒して、ノラのこめかみに唇をつけた。「いやな感じはしないかい？」

「いいえ、それどころか……すてきだわ。さっき感じたみたいに。ふたつに裂けてしまいそうな感覚。それがまた来そうで、どきどきしてる」

どきどき？「怖いのか？」

「違うわ。来てほしくてたまらないの」

彼女はやっぱりほかの誰とも違うすばらしい女性だ。

タイタスはゆっくりと慎重に動きはじめた。ノラを傷つけたくない。すぐに彼女も一緒に腰を動かしはじめる。こすれあう感覚は強烈だ。これでは長く持ちそうにないが、そのほうがいいのではないかという気がした。あとはただ、彼女と一緒に絶頂を迎えられたら……。

ふたたびノラの敏感な突起に指を当て、タイタスに応える腰の動きが自信に満ちたたしかなものになるまで、そこを愛撫した。やがて彼女の動きは激しさを増し、部屋にはふたりの体がぶつかる音が響き渡った。

タイタスは動きを速めた。絶頂はもうすぐそこだ。「ノラ、一緒にいこう」その言葉の意味はわからないはずなのに、ノラがひときわ大きな声をあげ、彼を包んでいる内側の筋肉を収縮させる。嚢の中のものがきゅっと縮まるのを感じ、タイタスは彼女の中に種をまき散らしてしまわないよう、ぎりぎりで体を引き抜いた。彼の放ったものがノラのおなかの上に飛び散る。それは恐れていたとおり、見苦しいやり方だった。

だがもうどうしようもなく、タイタスは自分のものをしごいて種をすべてしぼりだした。思わずつま先を丸めたくなるような満足感が体の隅々まで広がる。しかし、なんとも無様なありさまだった。

「やっぱり、最初に言っておいたとおり優雅にはいかなかった」タイタスはノラの上からおりると、床からクラヴァットを拾った。すぐに戻って、そのクラヴァットで彼女の体をぬぐう。

「別の……場所に出されるより、ここのほうがよかったわ」そんなふうに言えるノラは魅力的だった。といっても、タイタスにとっては彼女のすべてが魅力的なのだが。

タイタスはノラに手を貸して体を起こさせると、脱ぎ捨ててあった寝間着を手渡した。彼女がそれを着るあいだ、自分も身支度を整える。大雑把《おおざっぱ》な服の着方を見たら、近侍はひるむだろうが、そんなことは気にならなかった。最後にこれほどすばらしい夜を過ごしたのはいつだろう。もしかしたら一度もなかったかもしれない。

「本当に……すばらしかったわ」ノラも同じように感じていると知って、タイタスは喜びが体を貫くのを感じた。

「ああ、本当に」

ノラが立ちあがってローブのベルトを結んだ。「こうなっても、あなたはやっぱりあまりしゃべらないのね」

彼は椅子に座って靴下とブーツをはいた。「ずいぶんしゃべったと思うが」

ノラが返したいたずらっぽい笑みを見た瞬間、タイタスは悟った。彼女を見るたびに今夜のできごとを思いださずにはいられないだろうと。この先何が起ころうが、これまで誰とも経験したことがないほど深い部分でふたりはつながっているのだ。

「考えてみたら、そうかもしれないわ。ふつうなら口にしないようなことまで話してくれたもの。お礼を言わなくてはならないわね……子どもができないように予防措置を取ってくれたことに。何よりも、わたしの好奇心をとことん満足させてくれたことに」

ノラにとって自分が好奇心を満足させるためだけの存在ではないよう祈った。この行為の相手は自分でなければならなかったのだと思いたい。「つまり、いまのは好奇心を満足させるための実験だったと言っているのか？」

彼女が肩をすくめる。「そういうわけじゃないけれど、いまの行為はわたしには答えを知るすべのない謎だったことはたしかだもの」

その考え方は気に入った。「それで、きみの得た答えは？」

「何が欲しいかを決めるときに、自分の選択が信用できるとわかったわ。それに、これまで自分が求めているとばかり思っていたものが、本当は欲しくないのかもしれないということも。あなたはわたしにたくさんの考える材料をくれた。まだそのすべてを消化しきれてはいないけれど。そうね、もっと時間が経ってから、またその質問をしてほしいわ」これ以上話をするのは無理だと証明するように、ノラがあくびをした。

それから身を乗りだして彼の頬にキスをしたので、タイタスは驚いた。なんという純粋な好意に満ちた仕草だろう。こんなことは、いままで義母にしかされたことがない。心がじんわりとあたたかくなった。

「おやすみなさい、タイタス。よく寝てね」ノラは扉に向かい、それを開けたところで振り返った。「わたしはよく眠れそう」

彼女を見送ったあと、タイタスは本棚に置いていたウイスキーのグラスを手に取り、ふと顔をしかめた。グラスがふたつ出されている事実に誰かが気づき、使った人物を特定しようとするだろうか。彼が今夜この屋敷に来たことは誰も知らない。ただひとり、階下でおそらく居眠りをしている夜番の従僕をのぞいて。

タイタスは残っている酒を両方とも飲み干し、ふたつのグラスを食器棚の上に置いて屋敷をあとにした。

外に出ると夜明け前の空はまだ暗く、街は静まり返っている。タイタスは馬車の御者を起こし、自宅へ戻るよう指示した。

やわらかい座席の背に頭をもたせかけながら、自分が心から満足していることに驚いた。それでも一抹の居心地の悪さは残っている。ノラを利用したわけではないものの、貞操を奪ってしまったという事実に変わりはない。結婚に支障はないし、実際に彼女はほどなく誰かの妻になるのだろうが、夫に捧げるべき贈り物を代わりにタイタスが受け取ってしまった。

その夫がどうして自分ではいけないのかと、心の中で小さな声がささやく。

結婚して、彼女を妻にする。自分だけの〝禁断の公爵夫人〟に。そう想像すると、顔がほころんだ。

けれどもすぐに真剣な表情になる。ノラはそれを望むだろうか。今夜のできごとは彼女に大きな影響を与えた。愛を交わす前でさえ、彼女は自立した生き方にあこがれていた。手が届かないものとあきらめつつも。

義母から事情を聞かされているので、ノラが住む家を失い、経済的に困窮していることは知っている。なぜ娘のためにもっとちゃんと経済的基盤を整えておいてやらなかったのかと、無能な父親を問いただしたい気持ちでいっぱいだ。

馬車がタウンハウスに近づいても、まだこの先どうすべきなのか心が決まらなかった。まずはノラがこれからどういう行動を取るのかを見極めるべきだろう。そんな考えが浮かんだからかもしれない。今夜ノラに選択権というものを与えた。これからも、その権利を奪いたくない。

彼女と結婚しろと心が言う。

もしかしたら、ノラに選択をまかせればいいのかもしれない。


その日は何も予定がなく、ノラは休めることにほっとしていた。くたくただったのだ。タイタスと過ごしたことで疲れただけでなく、あのあと一睡もできなかったからだ。体には興奮が残り、頭にはさまざまな考えが渦巻いていて、とても眠るどころではなかった。彼と一緒にベッドに入り、夜明けまでおしゃべりできたらどんなによかっただろう。

その日の午後、ノラはレディ・サターフィールドと二階の居間に座って紅茶を飲んでいた。伯爵夫人が本を読んでいるかたわらで、妹への手紙を書こうとしたものの、タイタスとのあいだのできごとをどうしてもうまく文章にできなかった。妹に直接会って話をしたくてたまらない。

そのとき、ハーレイが居間に入ってきた。「マーカム伯爵がミス・ロックハートを訪ねていらっしゃいました」

レディ・サターフィールドが本を置いた。「まあ！」興奮したようにノラを見て、執事に顔を戻す。「客間にお通しして。わたしたちもすぐに行くから」

ノラはペンを置き、手にインクのしみがついていないか調べたあと、ドレスを見おろした。訪問客を迎えるのにふさわしくない格好というわけではないが、室内でゆっくり休養するつもりだったため、とくにおしゃれはしていない。

伯爵夫人がノラの心を読んだように言った。「大丈夫、とてもすてきよ」

今日は会えないとマーカム伯爵に伝えてほしいとレディ・サターフィールドに頼むことも考えたけれど、すでに遅すぎる。それにこんなふうに喜んでいる伯爵夫人を見るのはうれしかった。

ノラはシンプルなシニヨンにまとめてある髪をなでつけた。「髪は大丈夫でしょうか？」

「さっきも言ったけれど、とてもすてきよ。さあ、マーカム伯爵をお待たせしないように早く行きましょう」レディ・サターフィールドが立ちあがり、ハーレイが開けたままにしておいた扉に向かって歩きだす。

ノラは伯爵夫人のあとから客間に入った。

マーカム伯爵は乗馬服に身を包んでいた。やわらかい揉《も》み革のブリーチズがぴったりと体に合っている。けれどもタイタスほどのたくましさは感じられないと、ノラは考えずにはいられなかった。とはいえ、タイタスに匹敵する男性などいるだろうか。その判断をするのに自分ほどの適任者はいないだろう。何も着ていない彼を見て、触れたのだから。とんでもなく不適切な行為ではあるが。

マーカム伯爵がノラとレディ・サターフィールドに向かって、洗練されたお辞儀をした。顔を上げ、笑みを浮かべる。「ご機嫌よう、レディ・サターフィールド、ミス・ロックハート。今日もお目にかかれて、これほどうれしいことはありません」その言葉はどちらへともなく発せられたものだったが、ノラをじっと見つめる視線が、彼女だけに話しかけているような印象を与えた。

ノラは膝を曲げてお辞儀をした。「わざわざお越しいただいて、ありがとうございます」こんなふうにあからさまに興味を示されたことに、もう少しわくわくできたらいいのに。もちろん、うれしくないわけではないし、ありがたいとも思うけれど、タイタスに見つめられたときの魂まで貫かれるような喜びはない。

「今日は昨日踊っていただいたお礼を言いたくて来たんです」

マーカム伯爵と踊ったのは、本当に昨日の夜なのだろうか。そのあとに起こったできごとの印象が強すぎて、何日も前のことのように思えてならない。当然そんなわけはないのだけれど。

「あとで公園にいらっしゃいますか？　よろしかったら、一緒に散歩でも」伯爵の熱心な様子を見て、ノラは休養するつもりだった今日の予定を変えようかと一瞬思った。

しかし結局、謝罪の笑みを浮かべながら断った。「誘っていただいて本当にうれしいのですけれど、今日は午後も夜も静かに過ごそうと決めているんです。また別の日に誘っていただけないでしょうか」

マーカム伯爵はうなずいた。「では、そうします。あさってのレディ・バーニーの夜会にはいらっしゃいますか？　レディ・バーニーは姉なんですよ」

ノラはレディ・サターフィールドをちらりと見た。今週の残りの予定がどうなっているか思いだせなかったのだ。どうやら昨夜以来、頭がまともに働いていないらしい。

レディ・サターフィールドが小さくうなずいたので、ノラは安心して答えた。「うかがいますわ。楽しみにしています」

伯爵はうれしそうに笑った。「よかった。できれば最初のダンスのお相手を務めさせてください。では、失礼します。今日はゆっくり休んでください」ふたたびお辞儀をし、体を起こすとまたしても熱のこもった視線をノラに向けた。

マーカム伯爵が続けてレディ・サターフィールドにお辞儀をしているところに、ハーレイがふたたびやってきた。「ミスター・ドーソンがお見えです」

顔を上げたマーカム伯爵の表情が一瞬、変化した。ちらりと見えたのは落胆だろうか。だがすばやく表情を消すと、ふたりにもう一度笑みを見せて出ていった。

「お通しして、ハーレイ」レディ・サターフィールドがノラのほうを向いた。「驚いたわね。あなた目当ての男性が一日にふたりも来て、しかも文字どおり鉢あわせするなんて。面白くなってきたわ！」うれしそうに目を輝かせる。

一〇年前、いや五年前でもノラは同意していただろう。けれどもいまは、ただ居心地が悪いだけだった。マーカム伯爵もドーソンも好きだけれど、タイタスと比べたら……。いけない。こんなふうに考えるのはやめなければ。

でも、やめられなかった。ただの空想でしかなかったこと、あこがれにすぎなかったことが、昨夜現実になったのだ。ほんのひとときにせよ、タイタスの腕に抱かれる感覚を味わってしまった。もしかしたら、もう二度とほかの男性では満足できないかもしれない。

ノラは不安だった。

ドーソンが愛嬌《あいきょう》のある笑みを顔いっぱいに浮かべて入ってきた。まずレディ・サターフィールドにお辞儀をする。「ご機嫌よう。訪問を受けてくださって、ありがとうございます」

「ご機嫌よう、ミスター・ドーソン。いらしていただけて、わたしたちもうれしく思っていますよ」伯爵夫人は小さくうなずき返すと、ノラのほうに向き直った。

ドーソンがノラに歩み寄り、ほんの少しだけ優雅さの増したお辞儀をした。体を起こしたときの視線は、思わず心を惹きつけられてしまうほど率直だ。彼の単純で駆け引きなどないところが、ノラは好きだった。

「こんにちは、ミス・ロックハート」レディ・サターフィールドに話しかけたときよりも声の響きがやわらかい。「出かけずに家にいてくださってよかった。よろしければ、庭でも散歩しませんか？」ドーソンが伯爵夫人を見る。「もちろん、レディ・サターフィールドにお許しいただければの話ですが」

「もちろんかまいませんよ」伯爵夫人はうなずいた。「あそこからテラスに出たら、そのまま庭に行けるわ。わたしも行って、あなたたちが見える図書室に座っていましょう」

タイタスとはシャペロンなしの散歩が許されたけれど、ドーソンの場合は違うらしい。おそらくそれは、義理の息子がノラに対して手助けしてやろうという以上の関心を抱いていないと、レディ・サターフィールドが信じているからだろう。

ドーソンが腕を差しだした。「では行きましょうか」

ノラはドーソンの腕に手をかけ、ふたりは屋敷の裏側にある居間を抜けてテラスに出た。ところが歩きはじめてすぐ、ドーソンの腕はタイタスほどたくましくも力強くもないことに気づいた。タイタスみたいな無造作で男らしい香りもしないし、いかにも男性らしいオーラもない。そんなことをつらつらと考えている自分に気づいて、うんざりした。まるで恋わずらいの少女ではないか。

ノラは庭に続く階段をおりていて、危うくつまずきそうになった。

タイタスを愛してしまったのだ。最初はただの空想、絶対にかなわない夢だったのに、いつの間にか激しく彼を求めるようになっていた。彼といると、自分を飾らないでいられる。自分が強く特別な存在であると思えるのだ。そんなふうに感じたことは一度もなかったのに。

「今日は本当にいい天気ですが、遠くの地平線の上に見える雲が気になりますね。夕方五時頃には、これほど気持ちのいい天気ではなくなっているかもしれません」

ノラはドーソンの言葉に集中しようとした。「そうですね」タイタスについてたったいま発見した事実を必死で理解しようとしていたので、それだけ返すのが精いっぱいだった。

「田舎での生活が恋しいですよ。あなたと同じように」ドーソンが言った。

昨夜、踊っているときにその話題が出た。ドーソンはサセックスにささやかな家を持っていて、そこで五歳と七歳の息子ふたりと、釣りや散歩を楽しんでいるのだという。ドーソンが息子たちに注ぐ愛情を好ましく思い、彼らと家族になれば幸せになれると、ノラは確信した。セント・アイヴスにいたときと同じくらいか、あるいはそれ以上に。

「本当にそうですわ。ロンドンでは毎晩さまざまな催しに顔を出さなくてはならなくて、あまりにもめまぐるしいというか……。じつはレディ・サターフィールドと今日は休養日にしようと決めたんです」

ドーソンが狼狽《ろうばい》したように振り返った。「ぼくがその休養を台なしにしてしまったんですね。別の日にうかがうべきでした」

ノラは彼にいやな思いをさせたくなかった。「これくらい別に大丈夫ですから」

ドーソンは小さな庭を一周する道を歩きつづけた。「そうですね。マーカム伯爵の訪問も受けておられましたし」

彼は少し気を悪くしているようだ。それとも、嫉妬しているのだろうか。どちらにしても、ノラは無視することにした。

ドーソンが咳払いをする。「ええとその……ぼくには競争相手がいると思ったほうがいいんでしょうか」

どうやら彼はノラに求愛するつもりだという意図を明らかにしたようだ。「競争相手なんているはずがないじゃありませんか」

「ミス・ロックハート、あなたは自分を過小評価しすぎている。あなたの人気はどんどん高まっているんですよ。ぼくが振り向いてもらえるチャンスは少なくなる一方です」ドーソンは図書室の窓から見守っているレディ・サターフィールドの目が届かない低木の茂みのうしろへ行き、ノラを引き止めた。向かいあい、熱のこもった目で見つめる。「あなたに結婚を申し込むつもりです」

ノラは心の中でたじろいだ。ドーソンは親切でやさしい男性だけれど、彼女は違う男性への思いを断ち切れないでいる。その男性は結婚にまったく興味がないというのに。ドーソンにはそのことをはっきり告げるべきなのだろう。でも、ノラが求める生活を与えてくれるのはドーソンだけかもしれない。

彼女はどう答えていいかわからなかった。こんなふうに気持ちの整理がついていない段階で、相手に間違った希望を持たせたくない。「お気持ちは、とても光栄に思います。でも、自分がどんな将来を求めているのかまだよくわからないんです」

「わかりました。ぼくは我慢強いたちなんですよ」ドーソンは屋敷のほうをちらりと見たあと、ノラに視線を戻した。口の端が一瞬引きつる。まるで唇の内側をかみしめたようなその仕草は、我慢強いという言葉とは裏腹だ。

ノラは歩きだした。早くひとりになって考えたい。今日は休養日に決めたのだから、その時間があるはずだ。「わかってくださって、ありがとうございます。あなたが言ってくださったことを、ゆっくり考えてみます」

「ぼくたちはとても相性がいいと、あなたにもわかってほしい。息子たちを育ててもらうのに、あなたより望ましい女性は見つけられません」

その言葉がノラの心に突き刺さった。今日ははっきりとは求婚されなかったけれど、遠からず決断を迫られるだろう。彼女は急ぎ足で図書室へ向かった。ふたりが図書室に入ると、レディ・サターフィールドは本棚の前へ移動して半分背中を向けた。ノラにいとまを告げるドーソンに、なるべくプライバシーを与えようと気づかってくれているのだろう。

ドーソンがノラの手を取って甲に唇をつけた。「ぼくが言ったことを考えてみてください。またすぐにお目にかかれるのを楽しみにしています」お辞儀をして、レディ・サターフィールドに向き直る。「失礼します」

「ご機嫌よう」伯爵夫人が返すと、彼は帰っていった。

レディ・サターフィールドはドーソンが立ち去ったのを確認してから、ノラに歩み寄った。

期待に目を輝かせている。「彼はなんて言ったの？」

ノラは詳しい話をしたくなかった。いまはあまりにも頭が混乱している。いい夫になるとわかっているドーソンを、どうしてタイタスと同じくらい欲しいと思えないのだろう。

「また訪ねてきたいと」

「ミスター・ドーソンは求婚するつもりかしら」

確実にそうなるとわかっていたが、ノラはそのこともまだ打ち明けたくなかった。タイタスを愛してしまったという事実をもう少し自分の中で理解し、彼との未来は絶対にありえないのだと受け入れられるようになるまでは。

でも、どうしてタイタスとは一緒になれないのだろう。

なぜなら、タイタスは一度も将来のことを話したり、結婚の意思を示したりしたことがないからだ。たとえ彼が結婚を望んでくれたとしても、ノラは公爵夫人としてやっていけるのだろうか。ここ数日で、自分はこういう生活に向いていないのではないかと思うようになっていた。田舎の静けさや、ルールに縛られない自由な生活が好きだったのだ。たとえ孤独であっても。ドーソンみたいな男性と結婚すれば、孤独ではなくなる。彼のような男性となら、自分が求めているものをすべて手に入れられるかもしれない。愛や情熱以外は。そういうものもあればもちろんうれしいけれど、なくても不幸とまでは言いきれない。

レディ・サターフィールドがぱちんと両手を打ちあわせた。「もうこれで疑問の余地がなくなったわ。あなたは人気者なのよ！　マーカム伯爵とミスター・ドーソンがふたりとも訪ねてきたんですもの。あなたの将来は安泰ね！」

〝ミスター・ドーソンは求婚するつもりかしら〟という質問に、ノラはなんの返事も返していなかったが、問題にはならなかった。レディ・サターフィールドはノラの成功を心から喜んでくれている。そんな伯爵夫人を見ていると、ノラも幸せな気持ちになった。

そう、これで将来は安泰だ。ただし、ひとつだけ疑問が残った。その将来は、本当に自分が求めているものなのだろうか。

12

翌日、タイタスは議会に出席する前に紳士クラブへ昼食をとりに寄った。午後にはまた義母のお茶会があるが、今日は行く時間がない。けれどもノラのことがずっと頭から離れず、またすぐに会いに行くつもりだった。議会が終わったあと、夜に顔を出してもいいかもしれない。

食堂を通り抜けようとして、いい馬を育てていると名高いジョナサン・ガスパーがひとりで座っているのに気づいた。その瞬間、いますぐ彼と話してノラのための馬を手に入れようと思いたった。しかしタイタスがガスパーのテーブルに向かおうとしたとき、従僕が近づいてきた。

「閣下、いつもの昼食をお部屋のほうにすぐお持ちしましょう」

タイタスは従僕の気づかいに感謝した。「その前にちょっと人と話をしたいんだ。少し待ってくれ」

従僕は一瞬言葉に詰まったが、すぐに言った。「かしこまりました」向きを変えて去っていこうとする彼を、タイタスは呼びとめた。

「それから、今日は羊肉にしてほしい」

従僕の小鼻が驚いたようにふくらんだのを、タイタスは見逃さなかった。「そのように手配いたします」

この従僕とはずいぶん前からのつきあいだった。タイタスの習慣や好みを知り抜いているその従僕を、仰天させたのだ。二度も続けて。

なぜかわからないが、タイタスはうれしくなった。うれしいといい気分になり、いい気分になるのは本当に久しぶりだった。

タイタスはガスパーに近づいた。「やあ、ガスパー。少し話せるかな」

ガスパーがスープの皿から顔を上げ、目をしばたたいた。「ケンダル。ああ、もちろんいいとも」座るように身ぶりでうながす。「これから昼食をとるのかね?」

どうせ昼食をとるつもりだったのだから、ここですませても問題ない。「ああ。ここで一緒に食べてもかまわないだろうか」

一瞬、ガスパーがタイタスをまじまじと見つめた。「かまわんよ」もう少し何か言いたそうだったが、代わりにスープをすくったスプーンを口に運んだ。

「じつはあたらしい馬を欲しいと思っていて、きみと話したかったんだ。初心者にちょうどいいおとなしい雌馬なんだが」タイタスはテーブルに来るよう従僕に合図した。

「なんでしょう、閣下」

「ここに昼食を運んでほしい」タイタスはすぐにガスパーに向き直り、用はそれだけだと従僕に知らせた。だが視界の端に、従僕がまたしても驚いている様子が映る。

離れていく従僕の背中をちらりと見たあと、タイタスはガスパーに注意を戻した。「どうやら今日のぼくは、いつもの秩序を乱しているらしい」

ガスパーはふたたびスープを口に運んだあと、スプーンを置いた。「このテーブルで食事をとるからか？」

「意外だったんだろう」

ガスパーが目をしばたたく。「もちろん、そうだろうな」

ガスパーは従僕と同じくらいタイタスを警戒し、慎重に反応をうかがっているようだ。自分はそれほど怖い人間なのだろうか。そんなことはない。だが周りに壁を築き、本当に親しいわずかな人間をのぞいて誰にも内側に踏み込ませないようにしているのはたしかだ。それが今日は、壁を少し低くしてもかまわない気分になっている。ほんの少しだが。

しばらく馬の話をしていると、従僕がタイタスの食事とガスパーの次の皿を運んできた。その後も会話は弾み、気がつくと議会に向かわなければならない時間になっていた。

ところがタイタスがガスパーにいとまを告げようとしたとき、ふたり組の男が通りかかった。「彼女がドーソンを選んだなんて信じられないよ。ぼくはマーカムに賭けていたのに」ひとりが言った。

もうひとりが首を振りながら返した。「なんでまた伯爵じゃなくドーソンにしたんだ？　理解不能だね。だが女っていうのは、そういうものさ」

タイタスは立ちあがった。「いったいなんの話だ」

ふたりが足を止めてゆっくりと振り向き、まるで頭がもうひとつ生えてきたとでもいうようにタイタスを見つめる。「ケンダル公爵」

タイタスの胃が不穏に引きつる。「教えてくれ。彼女とは誰だ？」もしかしていま脳裏に浮かんでいる女性のことだろうか？　とはいえ、状況がまったく理解できなかった。

「昨夜、紳士クラブのホワイツで賭けがはじまったんだ。ミス・ロックハートについての賭けが。そういえば彼女は、きみの義理の母親がうしろ盾になっているんだったな」男がタイタスを警戒しつつ、ためらいがちに言葉を継ぐ。「どうやらマーカム伯爵とミスター・ドーソンのふたりが、彼女との結婚をめぐって競争しているらしい」

競争？　賭け？　タイタスは視界が暗くなり、息が吸えなくなった。「それで、ミス・ロックハートはドーソンを選んだと？」

男たちが当惑した様子で視線を交わす。「そのようだ。キーズコーヒーハウスで、いましがたそう聞いた」ふたり目の男が答えた。

タイタスは九年ぶりのいい気分があっという間に消えるのを感じた。

ひと言も発さずに向きを変え、クラブをあとにする。荒々しく足を運びながら、馬車に向かった。扉を開けて待っている御者に目もくれずに告げた。「サターフィールド・ハウスへ行ってくれ」

馬車に乗り込むと、タイタスは詰めていた息を吐きだした。ノラがドーソンを選んだだと？　この前の夜、あんなふうに自分と過ごしたあとで？

〝どうしていけない？　おまえは彼女に求婚したわけじゃないんだぞ〟

求婚すべきだった。そうするのが紳士として取るべき行動だからではない。ベッドをともにしたからには求婚するのが当然正しいことだし、ノラは求婚されてしかるべきだ。しかし、求婚すべき理由は彼女を愛しているからだ。どうしようもないほど。

そのことをノラに伝えなくてはならない。たとえ何も変わらないとしても、手遅れになる前に正直な気持ちを明かすのだ。かつて父親を亡くしてしまった。どれほど大切な存在か伝えないまま。だからもう二度と同じ間違いを繰り返しはしない。

13

久しぶりにゆっくりと静かに過ごせたというのに、ノラは自分がどうしたいのかまったく結論が出ていなかった。もうすぐお茶会がはじまり、おそらくマーカム伯爵もドーソンも来る。お茶会という人目の多い場所でふたりが結婚を申し込むとは思えないけれど、求婚に向けての圧力が強まることはじゅうぶん考えられた。

それでかまわないはずだと、ノラは自分に言い聞かせた。かまわないどころではない。どちらの男性も結婚相手として申し分ないし、ドーソンは昨日、彼と結婚した場合の利点を存分に示した。

不可解なのはタイタスだ。といっても、実際は不可解でもなんでもない。彼とはなんの約束もなしに、目くるめく夜をともにしただけなのだから。ノラは何も起こらなかったように振る舞うしかない。

そう思うと、息ができなくなるほど苦しかった。

でも昨夜ベッドの中で悶々《もんもん》としていたとき、新たな選択肢が頭に浮かんだ。もし誰とも結婚しなかったら、どうなるだろう。当初の予定どおりコンパニオンとして働きながら倹約し、田舎でひとり暮らしができるだけのお金を貯《た》めるのだ。たしかにそれには何年もかかる。長い時間が。それでもこつこつ貯めるしかない。

ただしそういう道を選べば、タイタスとの経験をふたたび味わうことができなくなる。そう思うとやはり誰かと結婚するほうがいいようにも思えたが、結局誰を選んでもタイタスと同じものを与えてくれるはずがないという結論にしかたどり着かなかった。彼がノラの中に呼び覚ましたのは、単なる肉体的な興奮だけではない。自分の行動を自分で決めることで、どれほど自信と喜びをもたらしてくれるか、彼は教えてくれた。それまでまったく知らなかった感覚を。

九年前、ノラは大切に思っていたすべてを失った。社会における評判も、思い描いていた未来も。妹の未来までもゆがめてしまった。でも二日前にタイタスと夜を過ごしたとき、はじめて気づいたのだ。九年前にさらに大きなもの――自尊心――を失っていたことに。それを取り戻すことを教えてくれたタイタスには感謝してもしきれない。

ノラが客間に入ると、レディ・サターフィールドが繊細なケーキや小作りなサンドイッチがたっぷり置かれたテーブルを確認していた。伯爵夫人がこちらに目を向ける。「やっと来たのね。ぎりぎりよ」体を起こして扉のほうに頭を傾けた。「そろそろお客さまが到着しているわ」

それから一五分間、ノラは次々に到着する客たちに挨拶を続けたが、その中にはレディ・ダンもいた。すっかり親しくなったはるかに年上の友人は、ノラの人気が高まっていくのをとても喜んでくれている。レディ・ダンは最初からノラを支持する姿勢を公にしていたので、いまの状況をほんの少し自分の手柄のように思っているのだ。

レディ・ダンが部屋の入り口を示す。「あなたのミスター・ドーソンが来たわよ」

ドーソンは自分のものではないと言いたかったけれど、ノラは舌をかんで我慢した。座ったまま入り口のほうに向きを変え、彼と目を合わせる。するとドーソンはすぐに笑みを浮かべ、彼女のところにやってきた。

彼がノラの手を取って甲にキスをする。「ご機嫌よう、ミス・ロックハート。あなたは太陽よりも美しい」

「ありがとう。来てくださってうれしいですわ」

ドーソンが期待するように彼女を見た。「どうです？　部屋をちょっとひとまわりしませんか？」

ノラはレディ・ダンとおしゃべりをしているほうがよかったけれど、彼に失礼な態度を取りたくなかったので受け入れた。「ええ、ぜひ」

レディ・ダンに今日来てくれたことへの感謝を伝えようとノラが振り向いたとき、部屋の雰囲気が変わった。人々が興奮したようにささやき交わしている中を、名前を思いだせない女性がこちらに向かって歩いてくる。彼女は期待に満ちた笑みに目を輝かせていた。

「おふたりにお祝いを言わせてくださいな」その女性がうれしそうにノラとドーソンを見つめながら言った。

ノラが振り返ると、ドーソンは満面の笑みを浮かべていた。どうして彼はこんなに笑っているのだろう。目の前の女性から言われたわけのわからない祝福の言葉と関係があるのだろうか。ノラの胸に不安が広がった。

不穏な笑みをたたえたまま、ドーソンが近づいてくる。ノラに向けた視線は、言葉を使わずに何かを伝えようとしているかのようだ。彼はおもむろに女性に視線を移した。「ありがとうございます、レディ・ファヴァシャム」

「もう結婚式の日取りは決めましたの?」レディ・ファヴァシャムが尋ねた。

「どういうことなの? 結婚式って?」レディ・ダンが口をはさみ、ノラとドーソンを交互に見つめた。ノラに向けた視線は、とがめるようにかすかに険しくなっている。「婚約していたなんて、ちっとも知らなかったわ」ノラから報告されなかったと思い、怒っているのだろう。だが報告することなど何もなかったのだ。

ノラは口を開いたが、すぐにドーソンが彼女の脇腹を肘でつつき、先に答えてしまった。

「ええ、結婚するんです。わざわざお祝いの言葉をありがとうございます」彼は視線をさげ、レディ・ダンにも言った。「ぼくたち、昨日婚約したんですよ」

婚約なんてしていない！　一緒に庭を歩いたとき、同意したという誤解を与えてしまったのだろうか。いや、ありえない。将来結婚するという約束をした覚えもないし、そもそも正式に求婚されていない。

ドーソンに怒りを込めた視線を送ろうと横を向いたとき、彼の目に予想もしていなかった感情――恐怖――を見て驚いた。どういうことなのだろう。彼はなぜこんなまねをするのか。

ドーソンに手を取られたので、ノラは思わず振り払おうとした。だが彼は手に力を入れて放さない。彼女がしかたなく視線を上げると、ドーソンは顔を寄せてささやいた。「お願いです。話を合わせて。大丈夫、何もかもうまくいきますから。信用してください」

ドーソンを信用する？　昨夜は自分で自分の行動を決められることにあれほどの自信と喜びを覚えたのに、その感覚があっという間にしぼんでいく。ノラは絶望して、体じゅうが冷たくなった。周りに人だかりができ、騒ぎになりはじめている。人々の声が耐えられないほど大きく感じられた。

突然、そのざわめきがやんだ。

人々が部屋の入り口を振り返っている。そこには嵐をもたらす雲のように険しく陰鬱な顔をしたタイタスが立っていた。

かたくこわばっていたノラの胸がふっとゆるむ。けれどもタイタスの発散している怒りに気づいて、すぐにまた固まった。婚約なんかしていないと、彼に伝えたい。ドーソンなんか求めていないと。タイタスを見た瞬間、ノラはドーソンともマーカムとも結婚できないと悟った。タイタス以外の男性を夫にすることは絶対にできない。欲しいのはタイタスなのだ。ノラはドーソンにつかまれた手を引き抜くと、目立たないように彼から離れた。

タイタスはゆっくりと部屋に足を踏み入れて近づいてくるあいだ、ノラと目を合わせたままそらさなかった。人々が無言で、彼のために道をあける。ノラから一メートルほど離れたところまで来て、彼はようやく立ち止まった。

ドーソンが彼女の手をもう一度握ろうとしながら、ささやきかける。「ちょっと外に出て歩きましょう」

ノラはタイタスと見つめあったまま無言で懇願した。お願いだからなんとかして。何か言って。

タイタスが腕を差しだした。「ぼくと庭を散歩しよう」

その腕にノラは手を置き、ふたりは奥の居間を抜けてテラスに向かった。外に出ると、タイタスはしっかりと扉を閉めた。こんなことをすれば確実に醜聞になるが、事態はすでにノラがあたらしく獲得しつつあった社交界での立場を損なう方向に進展している。だからもう、どうでもよかった。

タイタスが彼女から離れ、庭に面したテラスの端まで進んだ。そこで振り向いた表情は、部屋に入ってきたときとほとんど変わらず怒りに満ちていた。「何があったのか話してくれ」

「わからないのよ」

「ドーソンと婚約したのか？」彼の声は鋭く険しい。

「いいえ」

「それならどうしてロンドンじゅうの人間がそうだと思っている？」

「ミスター・ドーソンがみんなにそう言ってまわっているからかしら」ノラは首を横に振って、まだ冷めない驚きを振り払おうとした。「彼はあなたが来る少し前に着いたばかりなの。そこにレディ・ファヴァシャムとかいう人が近づいてきて、お祝いがどうのこうのと言いはじめて。彼女がどこで耳にしたのかはわからない。でもそのときドーソンが、昨日婚約したって急に言いだしたの。たしかに昨日訪ねてきて、一緒に庭を散歩したわ。そのときこれから求愛するつもりだとは言われた。でも結婚は申し込まれなかったのよ。絶対に」

タイタスは手すりに寄りかかった。鼻のつけ根を揉んだあと手をおろし、エメラルド色の目を彼女に向ける。「きみはどうしたいんだ？」

ノラはあまりにも突然の展開に混乱し、まったく頭が働かなかった。「どういうこと？」

「ドーソンと結婚したいのか？　きみは違う生活を望んでいると思っていた――夫のいない生活を。自分でものごとを決められる生活を」

ノラは緊張が解けていくのを感じた。タイタスは彼女を理解してくれている。「ええ、ミスター・ドーソンとは結婚したくないわ。だけど彼のせいで、もうめちゃくちゃよ。もしここで彼とは婚約していないと言っても、傷がつくのはわたしだもの」

「そんなことにはさせない。約束する」タイタスの曇りのない目を見て、ノラはその言葉を信じた。彼女を守れる人間がいるとしたら、それはタイタスだ。

ノラは緊張が戻ってくるのを感じたが、それは苦悩からではなく期待からだった。「どうするの？」

タイタスは目の前まで歩いてくると、彼女の両手を取った。「世間はぼくの噂をする。ぼくの虚像を作りあげて。だからぼくは彼らを無視する。自分の周りに壁を築き、彼らを締めだしているんだ。きみもそうすればいい。ぼくの妻として。ノラ、結婚してほしい。そうしたら、きみが望むものをあげよう――それがたとえぼくじゃないとしても」

ああ、でもタイタスが欲しいのだ。狂おしいほど。とはいえ、彼は本当にノラを求めてくれているのだろうか。それとも、紳士として責任を取ろうとしているだけ？

そのとき扉が開いて、ドーソンがテラスに出てきた。ふたりを交互に見つめ、握りあっている手に目を留める。すると、しかめっ面になった。「ケンダル公爵を選んだんですか？」

ノラはタイタスへの愛で胸がはちきれそうだった。「ええ、そうよ」

ドーソンがあげた笑い声は驚くほど冷たかった。「自分が誰を選んだのかわかっているんですか？　ぼくは快適で安全な生活と家族をあげようとしていたのに、あなたは九年前に自分を破滅へと追いやった男のほうがいいというわけだ」

幸せが満ちていたノラの心に、すっと影が差す。「いったいなんの話をしているの？」

答えたのはタイタスだった。「ドーソンは九年前のヘイウッドとの件について話しているんだ。あのとき、結婚してもらえると思い込んでいるばかな娘を誘惑するようヘイウッドを焚きつけたのは、ぼくだってことを。どうせ誰が悪いかなんて世間にはわからないんだから、どうなろうと逃げおおせる。ぼくが彼にそう言った」

突然、ノラの脳裏にレイヴングラス侯爵の姿がよみがえった。彼は当時ヘイウッドがつるんでいた仲間のリーダー的存在で、典型的な〝雲の上の存在〟だった。鼻つまみ者という悪評を得ていたにもかかわらず、社交界から排除されなかったのは、将来公爵になる人間だったからだ。未来の公爵は何をしても許されると、誰もが暗黙のうちに了解していた。仲間を言いくるめて悪事を働かせたところで、責める者はいない。

ノラはドーソンが言ったことは真実だと一瞬で悟った。タイタスの表情を覆っている暗い影や、その目に浮かぶ後悔を見ればわかる。

失望が彼女を貫いた。「あなたがヘイウッドをそそのかしたのね。わたしがそのときの娘だと、最初から知っていたの？」

タイタスが唇を引き結んだ。「ああ」

「だからいろいろと助けてくれたのね。レディ・サターフィールドがうしろ盾になってくれたのも、それが理由？」

「違う」ノラの言葉にかぶせるように激しい口調で返した。その目からは燃えあがりそうなほど熱い感情があふれだしている。「罪悪感があったかと言われれば、そうだ。だから義母がコンパニオンに誰を雇ったか知ったとき、償いができると思ってうれしかった。きみの言うとおり、ぼくはきみを救いたかった」タイタスの目がやわらいだ。「だがひとつだけ予想と違ったのは、救われたのはぼくのほうだったということだ」

救われた？　どういう意味かは理解できなかったが、偽りのない心からの言葉だということは伝わった。九年前のタイタスといまの彼は違う。ノラが当時のような世間知らずで無防備な娘ではないのと同じように。こうしてタイタスと向きあって、ようやく過去から解放されるのを感じた。これからは、ずっとなりたかった人間になるのだ。未来を自分で選び、つかみ取っていく人間に。

ノラは男性ふたりを見た。タイタスの目には、自らをさらけだした不安と希望が見える。彼がふたたびゆだねてくれた選択権に力を得たので、もう迷いはなかった。

ノラはドーソンと目を合わせ、はっきりと告げた。「ええ、わたしはタイタスを選ぶわ」

ドーソンが九年前の真実を明かすと、ノラの顔から喜びが消えた。だがいま彼女の表情からは、何を考えているのか読み取れない。

「タイタス」

テラスの入り口から義母の声がした。彼女はあとを追ってきて、ドーソンの話をすべて聞いてしまったのだ。その声にあふれる苦悩が、タイタスの心に突き刺さった。父親を失望させた過去を、そっくり繰り返しているようだ。

ドーソンがあざ笑うように言う。「もちろん、ぼくより公爵を選ぶだろうね」

義母がテラスに出てきた。「ノラはあなたよりすばらしい男性を選んだのよ、愚か者さん。そこの階段をおりて、庭から帰るといいわ。そうしないと、客間にいるみんながハゲワシのように群がってくるでしょうからね。ノラはわたしの息子と婚約したのだとみんなが知ったら、あなたは世間の笑いものよ」

ドーソンは唇を引き結び、ノラにもう一度懇願するような視線を向けた。「マーカム伯爵にきみを取られたくなかったんだ」タイタスを不安そうにちらりと見る。「ケンダル公爵もきみを狙っていたなんて知らなかったよ」ノラに注意を戻した。「悪かった。いさぎよく負けを認めよう。お幸せに」

ドーソンにやさしくする義理はないとわかっていたけれど、ノラは微笑みかけた。「ありがとう。あなたもお幸せに」

タイタスはノラの落ちつきと寛大さに感じ入った。もしまだ彼女に恋をしていなかったとしても、この瞬間にそうなっていただろう。

ドーソンは向きを変え、去っていった。

レディ・サターフィールドが咳払いをした。「きっと大騒ぎになるわ。ドーソンと婚約したと思っていたときでさえ、みんなあれほど興奮していたんだもの。とんでもない事態になるでしょうね」

タイタスはノラを見た。彼女への愛が胸に満ち、まるで生きもののように息づいている。いままでに出会ったことのないその感情は、心の中のドラゴンを思わせた。「かまいません」

「ええ、あなたはそうでしょう」義母が言う。「でも、ノラはどうかしら」

ノラはタイタスから目を離さず、つないでいる彼の手を親指でなでつづけていた。「わたしもかまいません。〝禁断の侯爵夫人〟になったら、もう何も気にしなくてよくなりますもの。少なくとも、自分にとってどうでもいいことは。だからわたしは周りを気にしないで生きるという選択をします。ねえタイタス、わたしは舞踏会を開くつもりはないんだけれど、それでもいいかしら」

「きみへの愛がますます深まったよ」

ノラが浮かべたうれしそうな笑みに誘惑され、タイタスは早く彼女とふたりきりになりたくてたまらなくなった。

ノラがレディ・サターフィールドを振り返った。「わたしたち、中に戻ったほうがいいでしょうか」

伯爵夫人はやさしく首を横に振った。しかたがないという表情をしつつも、とてもうれしそうだ。「いいえ。わたしがうまく言っておくわ。タイタス、残念ながらあなたの悪名はますます高くなりそうよ。まあ、あなたは気にしないでしょうけれど」

タイタスはノラを引き寄せた。「ええ、気にしません」身をかがめて彼女の髪の花のような香りを吸い込み、こめかみにキスをする。

義母が大きく微笑んだ。「とても幸せな気分よ。あなたたちふたりのおかげで」そう言うと、屋敷の中に入って扉を閉めた。

ノラが彼を見あげる。「本気で言ったの？　わたしを愛しているって」

「ああ。もっと早く言わなくて、すまなかった。この前の夜に気づいたんだが、なんていうか……突然で驚いてしまった。こういうことに関しては、うまく立ちまわれないんだ」

人を愛したり、心の内側に入れたりということに関しては。

「そうね。あなたは誰からもきっぱり距離を置いているもの。そうなったのは、ヘイウッド卿の件のせい？」

気づかってくれるノラの寛大さが、タイタスは信じられなかった。「きみに打ち明けたかったが、どう言えばいいかわからなかった。きみには怒る権利がある。ぼくはきみを破滅させるのに手を貸してしまったんだから」

「あなたは若くて分別がなかったのよ——わたしと同じように。ところで、わたしがあなたを救ったってどういうこと?」

「きみがどうなったかを知って、ぼくは自分を憎むようになった。きみの人生をねじ曲げてしまったからというだけでなく、父を失望させてしまったからだ。父はそのあとすぐに死に、ぼくは打ちのめされた。それからずっと罪を償いながら生きてきた。だがきみを助け、愛することで、ようやく自由になれた」

ノラの目に涙が浮かんだ。「ああ、タイタス、わたしも同じよ。あなたのおかげで自由になれた」

タイタスは彼女の頬に指先を滑らせた。「父にきみと会ってほしかった。きっときみを気に入っただろう」

ノラがにっこりする。「わたしもきっと、お父さまが大好きになったわ」

「〝禁断の侯爵夫人〟になっても、本当にかまわないのかい? いまきみは大変な人気者になっているというのに」

彼女は笑った。「ええ、束《つか》の間《ま》の栄光ね。でもあなたと一緒にいられるなら、人気なんてどうでもいいの。わたしが欲しいのはあなただけなのよ、タイタス。あなたがすべてを与えてくれる。愛しているわ」

タイタスはノラを抱きしめると、しっかりと唇を重ねた。彼女がすぐに応え、タイタスの欲望に火をつける。彼はなるべく早く結婚するために、特別許可証を手に入れようと心に誓った。

しばらく経って顔を上げ、ノラの目をのぞきこんだ。「ぼくは生まれてからずっと、きみと出会える日を待っていた。必要なら一〇〇回だって、そうやって待つ。きみはぼくを世界一幸せな男にしてくれた。こんなぼくを、これからみんなは〝骨抜き公爵〟と呼ぶかもしれないな」

彼女がくすくす笑う。「みんながあなたをなんて呼んでもかまわないわ。あなたはわたしのものだと、みんなが理解してくれているかぎりは」

タイタスは顔をおろして、もう一度キスをした。「きみのものだよ。永遠に」

エピローグ

一八一六年、ロンドン

この五年間でタイタスとノラには子どもがふたり生まれるなどいくつかの変化があったが、変わっていないことも多かった。レディ・サターフィールドはいまでも毎年シーズンの先陣を切る舞踏会を開いているし、タイタスはそこで最初のダンスだけを踊る。だが結婚してからは、その相手はノラだけだ。ノラは毎回義理の母親の屋敷に早めに行って、舞踏会の準備を手伝う。

今年もそうして早めに来たノラは、舞踏室に足を踏み入れた瞬間、いつもながら懐かしい思いにとらわれた。この時期になるたびに、人生を変えた夜のことを思いだす。いまでは夫となった男性に、どうしようもなく恋をしてしまった夜のことを。

家で子どもたちに本を読んでやっているはずの夫の姿を思い浮かべ、ノラは微笑んだ。タイタスは彼女とのダンスに間に合うよう、もう少ししたら来るだろう。

レディ・サターフィールドが客間に入ってきた。今年もきらびやかな舞踏室へと姿を変えたこの部屋には、もうすぐ社交界でも選《よ》りすぐりの人々がやってくる。タイタスとノラはほとんどの時間を家族だけで過ごすが、世捨て人のように引きこもっているわけではない。ノラはシーズン中、レディ・サターフィールドと一緒にさまざまな催しに出かけている。とはいえ一番の関心はつねに家族に向いており、周りにどう見られるかは気にしていなかった。かつて羨望と揶揄《やゆ》を込めて呼んでいた〝雲の上の存在〟に自分もなったのだと最近は実感している。でも、そう思うのは一般的にみんなが考えるような理由からではなく、人に何を言われようと、どう思われようと、気にしないでいられるようになったからだ。いまの自分はとても自由で解放されている。

「ノラ、いつもどおりとてもきれいよ」レディ・サターフィールドが言い、彼女をさっと抱きしめる。頬にキスしあったあと、ノラも同様の褒め言葉を返した。「孫たちは元気にしている？」

伯爵夫人が熱心に尋ねた。孫には週に数回は会っているのに。

「とても元気です。いま頃ふたりとも、父親の注意を独占できて大喜びだと思いますわ」

レディ・サターフィールドがやさしい表情で微笑んだ。「タイタスは子どもたちを溺愛しているものね。彼の父親が生きていたら、とても誇らしく思ったでしょう」

ノラは夫の父親に一度も会ったことがないけれど、伯爵夫人の意見に心から同意した。

タイタスは父親の期待に応えられず、どれほど愛しているかを伝えられなかったことで、あまりにも長いあいだ罪悪感に苦しんできた。ようやく自分を許せるようになったのは、ノラのおかげだと彼は言っている。だが、ふたりで力を合わせた結果だと彼女は思っている。

そのとき、最初の客が到着した。あたらしいコンパニオンを連れたレディ・ダンだ。年を重ねた子爵夫人は歩くのに杖《つえ》が必要になっているものの、以前と変わらず頭の回転は速い。ノラはレディ・サターフィールドと一緒にレディ・ダンを迎えた。

「また寄らせてもらいましたよ。あなたに会うのはいつだって楽しみですからね、公爵夫人」レディ・ダンはノラが公爵夫人になって以来、いつもうれしそうに称号で呼びかける。

ノラは老婦人のやわらかい頬にキスをした。「今夜は特別お元気そうですね」

「それはあたらしいコンパニオンのお手柄よ」レディ・ダンがすぐうしろに立っている長身の若い女性を、頭を傾けて示す。「ミス・アイヴィー・ブレッケンリッジ。彼女がこの髪飾りがいいと勧めてくれたの」

花と羽根で作られた〝髪飾り〟は、老婦人の悩みの種である背の低さを補っていた。小柄なレディ・ダンは背を高く見せるためによく羽根飾りを使い、小さな花束で若々しさを加えている。

「とてもすてきですね」ノラは褒め、無表情な若いコンパニオンに視線を移した。「いい趣味だわ」

ミス・ブレッケンリッジが小さくうなずく。「ありがとうございます。さあ、いらしてください、レディ・ダン。座れるところに行きましょう」

「わかりましたよ。椅子があればだいぶ楽ですからね」

「ちょうどいいお席を居間に用意しておきました。出入り口を開けてありますから、ダンスフロアがとてもよく見えるんですよ」夫と合流して客たちに挨拶をしなければならないレディ・サターフィールドを残し、ノラはふたりを連れて舞踏室を出た。

それから三〇分ほどで、部屋はいつもどおり人でいっぱいになった。もうすぐダンスがはじまる時間なので、タイタスが彼女と踊るためにいつ裏から入ってきてもおかしくない。ノラは期待に顔をほころばせて、テラスに向かった。テラスに出る扉は開いている。

ところがその途中で、ノラは隅に立っている三人の女性に気づいた。ひとりはさっき紹介された謎めいた雰囲気のミス・ブレッケンリッジだ。三人は固まっているが、ミス・ブレッケンリッジは視線をレディ・ダンに向け、ちゃんと見守っている。

ノラは三人に近づいた。「またお会いしたわね、ミス・ブレッケンリッジ。そちらはお友だちかしら」ふたりに目を向ける。黒っぽい髪と生き生きとしたはしばみ色の目をした女性はごく平均的な背の高さで、茶色の巻き毛と見たこともないほど印象的な青い目を持つもうひとりは、それよりもやや背が低い。「こんばんは。わたしはレディ・ケンダル。サターフィールド・ハウスへようこそ」

巻き毛の女性がぽかんと口を開け、すぐに閉じる。「〝禁断の侯爵夫人〟ですね」

もうひとりの黒っぽい髪の女性が彼女の脇腹を肘でつつき、謝るような笑みを浮かべた。

「ミス・ノックスの言葉は無視してください。もうラタフィアを飲みすぎているんですよ」

ノラは静かに笑った。「たしかにわたしは〝禁断の侯爵夫人〟ですもの」

ミス・ノックスを肘でつついた女性がたじろぐ。「すみません。人をあだ名で呼ぶなんて失礼ですよね」

「わたしはあなた方くらいの年だった頃、ロンドンでもとくに身分の高い男性たちを〝雲の上の存在〟と呼んでいたわ。彼らはわたしとはあまりにも身分が違ったから、話しかけることすら想像できなかった。ましてや結婚するなんて。それなのに、いまわたしはそのひとりと結婚している」ノラはもう一度笑わずにはいられなかった。

三人が彼女を見つめる。一瞬間を置いて、さっき謝った女性が笑いに加わった。「〝雲の上の存在〟って言い方、気に入りました。わたしはミス・パーネルといいます。彼女はミス・ノックス」

「おふたりに会えてうれしいわ」

ミス・ノックスが首をかしげて質問した。「つまり……あなたもわたしたちと同じだったってことですか？」

「同じだったかどうかはわからないけれど、少なくとも田舎出のかなり貧乏な娘だったことはたしかよ。幸い親戚がうしろ盾になってくれて、社交界にデビューできたの」ノラは三人に身を寄せると、声をひそめた。「それなのにわたしは、ある紳士と親密にしているところを人に見られてしまった。しかもそのあと彼は結婚するのを拒んだの。わたしは大急ぎで田舎に送り返されたわ。名誉も何もかも失って」

三人が目を丸くする。信じられないというように、ミス・ノックスが言った。「でもあなたは公爵夫人じゃないですか」

「たまたまそうなる運命だったのよ。それに義母であるレディ・サターフィールドが親切だったから。彼女はわたしに二度目のチャンスをくれた。そんなことは誰もしてくれなかったのに」

「おとぎ話みたい」ミス・ブレッケンリッジが言って、口元を引きしめる。「わたし、おとぎ話は信じないんです」

ミス・パーネルがぐるりと目をまわした。「そうかもしれないけれど、これは本当の話なのよ」ノラに笑みを向ける。「アイヴィーの言うことは気にしないでくださいね。彼女はコンパニオンという立場に満足していて、自分より不幸な人を助けることに全力を注いでいるんです」

ノラは興味を引かれてミス・ブレッケンリッジを見た。「まあ、そうなの？　その話は別の機会にゆっくり聞かせてもらいたいわ。よかったらレディ・ダンと一緒に今度お茶にいらして」ノラは自分たちのタウンハウスにほとんど人を招かないが、親しくしているレデイ・ダンとそのコンパニオンなら話は別だ。

ミス・ブレッケンリッジが目をしばたたく。「そうおっしゃるなら」その声から、ノラに興味を示されて驚いているのがわかった。

公爵夫人という身分にある女性がコンパニオンに注意を向けるのは珍しいことなのだろう。ましてや家に招待するなんて、聞いたこともないに違いない。ノラはほかのふたりにも目を向けた。「あなた方もいらしてね。三人はお友だちのようだから」

ミス・ノックスが悲しそうにはなをすすった。「本当に残念なんですけれど、あと二日ほどで家に戻らなくてはならないので」

「社交シーズンが終わるまでロンドンに滞在なさらないの?」

ミス・ノックスが首を横に振った。「これ以上お金は出せないと両親に言われてしまったんです。三年もあれば、裕福な夫を見つけるにはじゅうぶんだったはずだって。あとは地元の誰かが結婚を申し込んでくれるのを祈るしかないそうです」ミス・パーネルに笑みを向ける。「ルーシーとは二年くらい前に友だちになって、今週は彼女の招待でロンドンに来ているんですすよ」

ミス・パーネルがミス・ノックスの腕に腕を絡めた。「シーズンが終わるまでいられたらいいのに」

「いられるわ」ノラはとっさに口にしていた。「ミス・ノックス、わたしにあなたのうしろ盾にならせてちょうだい」衝動的な提案だったが、ノラは後悔していなかった。かつてレディ・サターフィールドがしてくれたことをほかの女性のためにするという考えに、心が浮きたつ。義母も手を貸してくれるだろう。もしかしたら、自らうしろ盾になると言いだすかもしれない。

ミス・ノックスがまたしてもぽかんと口を開け、今度はなかなか閉じなかった。「あの、わたし……なんて言ったらいいのか」

ノラは微笑んだ。「わかりましたとだけ言ってちょうだい。わたしだって義母の親切で寛大な申し出がなかったら、ケンダルと結婚できなかったかもしれないんですもの。かつての義母と同じことを今度はわたしができると思ったら、うれしくてしかたがないわ」

ミス・パーネルが友人を見て、熱心に勧める。「すぐにあなたのご両親に手紙を書きましょうよ。公爵夫人の親切なお申し出を断れるはずがないわ。責任から解放されて、公爵夫人にすべておまかせできるんですもの。喜ばないはずがないでしょう？」

ミス・ノックスがノラを見た。「わたしも公爵を見つけられると思いますか？」

ノラは笑った。「わからないわ。わたしは爵位にこだわっていなかったから。それなのにこうして〝雲の上の存在〟のひとりと結婚しているのが、ときどき不思議でたまらなくなるのよ」

「その〝雲の上の存在〟という言葉、わたしたちも使わせていただきたいんですが、かまいませんか？」ミス・パーネルがきいた。

「ええ、ちっとも」

「わたしたちのふだんの会話にとても重宝しそうな、すばらしい言葉なんですもの」ミス・パーネルは友だちふたりと楽しそうに視線を交わした。ミス・ノックスはくすくす笑い、ミス・ブレッケンリッジも笑みを浮かべている。ノラがはじめて見るミス・ブレッケンリッジの笑顔は魅力的だった。

「ふだんの会話って？」ノラは興味をそそられた。

ミス・ノックスの視線がノラからそれ、ダンスフロアへと向かう人々に向いた。「わたしたち、一部の男性をあだ名で呼んでいるんです」ダートフォード伯爵を示す。「たとえばダートフォード卿は〝向こう見ず公爵〟」

「彼は公爵ではないわよ」ノラが反論した。

ミス・パーネルは肩をすくめた。「そうですね。でも、そこは重要じゃないんです。わたしたちからすれば、爵位さえあれば公爵もそうでない人たちも変わりませんもの」

「そしてダートフォード卿は本当に向こう見ずなんですよ」ミス・ブレッケンリッジの声にはかすかに軽蔑したような響きがあった。「毎週火曜日には公園で馬車競争に興じていますし、いかがわしい場所でギャンブルをしているのを何度も目撃されています。それからテムズ川を裸で泳いだそうです」

ミス・ノックスがつんと澄ましてうなずく。「本当にあだ名どおりよね。それにサットン伯爵は〝ぺてん公爵〟」

「彼は結婚を申し込むと思わせて、次々に女性を捨てているんですよ」ミス・パーネルが言った。

「まさにぺてん師です。あとは〝色狂い公爵〟もいます」ミス・ブレッケンリッジが唇をゆがめた。

ノラは彼女たちを見まわした。「いったい誰のことなの?」

ミス・ノックスがため息をつく。「クレア公爵です。〝絶倫公爵〟と呼んでいるほうが多いですけれど。色狂いがいいって言っているのは、アイヴィーなんですよ」

ミス・ブレッケンリッジがミス・ノックスにしかめっ面を向けた。「だって、そうなんだもの」

ミス・パーネルが指先で顎を叩きながら言った。「彼は女好きでいかがわしくて変態よ。あだ名ならほかにもいくらだってつけられるわ」

これを聞いてミス・ブレッケンリッジが顔をほころばせ、みんなも笑った。

ミス・ノックスがあたりを見まわす。「ところで今日、クレア公爵は招待されているのかしら」

「そう思うわ」ノラが答えた。「彼がどれほど女好きだろうと、〝雲の上の存在〟であることに変わりはないから。出席するかどうかはわからないけれど」

「ご主人と同じですね」ミス・パーネルが頭を傾けて、テラスへの出入り口を示した。

ノラが振り向くと、夫のエメラルド色の目と視線が合った。いつものように興奮と期待が体を貫く。結婚して五年経ったいまも、ふたりのあいだの引力はまったく弱まっていなかった。最初と変わらず心と心がかたく結ばれている。

「では、失礼するわね。お茶に来てもらえるときを楽しみにしているわ」ノラはタイタスのもとに向かった。

金糸で刺繍《ししゅう》を施した華麗なアイボリーのベストに漆黒の上着とズボンといういでたちのタイタスは、どう見ても今夜ここにいる男性の中で一番魅力的だ。だが別にそれは、いまにはじまったことではない。髪には彼が見えないふりをしたがる白髪が少しずつまじりはじめているけれど、それでもまだまだつややかで人目を引く。

「ごめん、遅くなった」歩み寄って腕を絡めるノラの耳を、タイタスの声がくすぐる。ふたりはそのまま、最初のダンスを踊るために客間へ向かった。「出かけようと思ったら、レベッカにもうひとつお話を読んでくれとせがまれてね」

四歳になる娘は、父親に本を読んでもらうのが何よりも好きなのだ。一方まだふたつのクリストファーは、話がひとつ終わるまでずっと起きていることができない。だが、まもなくそうではなくなるだろう。

「断れなかったのね」ノラは夫を見あげて微笑んだ。ふたりはすでに列の先頭に並んでいる義理の父親と母親の隣へと向かった。

「あの美しいはしばみ色の瞳に誰が抵抗できる？　あの子は母親にそっくりだ。だからきみのためならなんでもするぼくは、ベッキーのためにもなんでもしてやるはめになる」

ノラが夫と向かいあって立つと、音楽がはじまった。「わたしたちが出会ってからもう五年も経つなんて、信じられる？」

「信じられるとも、信じられないとも言えるな。きみと出会ったのはつい昨日のことのようだが、一方できみと出会う前はどんなふうに生きていたのか、まるで思いだせない」

自分たちの番になると、タイタスははじめてノラと踊ったときと同じように、彼女のウエストに手を滑らせながらぐるりと一周した。だが五年前よりもその手はよりしっかりと長く彼女に触れている。

ノラは最愛の男性の目を見つめた。「このダンスのときに、わたしは恋に落ちたんだと思うわ」

「ぼくも同じだ。あのときから、ぼくはまったく違う人間になってしまった。あの年、生まれてはじめて行った催しがいくつあったと思う？　きみに会いたいという理由だけで行った催しが」

ノラは声をひそめて笑った。「本当に。いま思えば、あなたの気持ちは一目瞭然だったわね」

列の端まで行くと、タイタスはノラの手を持ちあげて唇に当てた。「すばらしい人生をぼくにくれて、ありがとう」

ノラはタイタスを見あげて微笑んだ。夫への愛が胸からあふれそうになっている。彼は想像もできなかった生活をくれた。そして永遠の愛も。

お礼

『禁断の公爵と還ってきた令嬢』を読んでいただき、本当にありがとうございます。みなさんに楽しんでいただけたことを、心から願っています。

わたしの次の作品がいつ出るか、知りたい方はいらっしゃるでしょうか。そういう場合はニュースレターを登録するか、あるいはツイッターやフェイスブックをフォローしていただければと思います。

通販サイトや書評サイトのレビューを見ると、お好みの本を見つけるのに役立ちます。作家として、好意的なものも否定的なものもすべてのレビューに感謝していますので、みなさんもぜひそうしたサイトやSNSに感想を書き込んでください。

本作は〝雲の上の存在〟シリーズの最初を飾る作品で、次作は『The Duke of Daring』になります。ヒストリカルのシリーズにはほかにも〝Secrets and Scandals（秘密とスキャンダル）〟シリーズと〝League of Rogues（ならず者同盟）〟シリーズがありますので、チェックしてみてください。コンテンポラリーロマンスがお好きな方には、Avon Impulse から出版されている"Ribbon Ridge"シリーズとその派生シリーズである"Love on the Vine"シリーズがあります。

この本を読んでくださったことに、もう一度お礼を申しあげます。ありがとう、ありがとう、ありがとう。

謝辞

草稿段階の原稿を読んでくれたすばらしい友人のエリカ・リドリーに、心からの感謝を捧げます。あなたはわたしの翼を運んでくれる風だわ！　エリザベス・ノートン、レイチェル・グラント、クリス・ケネディ、ジョン・スワンのみんなにも感謝を。あなた方はわたしが物語を紡ぐ際に、さまざまな助けになってくれました。物語の創作という旅において、すばらしい友人や仕事仲間に恵まれているわたしは幸せ者です。

編集や校正ではリンダとトニーにお世話になりました。あなた方ふたりと出会えて、心からうれしく思っています。

ダニエル・ゴーマンにも感謝せずにはいられません。本当に……いろいろなことでお世話になりました。どれほどお世話になったか、言い尽くせないほどです。本当にありがとう！

最後に、辛抱強くわたしをサポートしてくれる家族には、これまで以上に感謝したいと思います。言葉では表現できないほどあなた方を愛しています。

著者について

ダーシー・バークはアクション満載のホットなヒストリカル・ロマンスとセクシーでエモーショナルなコンテンポラリー・ロマンスを書いている作家で、ＵＳＡトゥデイ紙のベストセラー作家にも選ばれています。一一歳のときに書いた最初の作品は、魔法に魅入られた白鳥と彼を愛してしまった雌の白鳥のハッピーエンドの物語で、つたない挿絵つきでした。

生粋のオレゴンっ子のダーシーは、ギター弾きの夫、創作の才能を受け継いだらしい陽気な息子ふたり、ベンガル猫三匹とともにワインカントリーのはずれで暮らしています。〝暇な〟時間に自ら志願して〝ノー〟と言うことを学ぶレッスンに参加しているそうですが、この一二ステップから成るレッスンを何度受けても、また受けなくてはならなくなるとのことです。天気のいいときだけ走るカジュアルなランナーで、好きな場所はディズニーランドと労働の日《レイバーデイ》の週末のゴージ・アンフィシアター。新刊情報はホームページ（https://

www.darcyburke.com）からニュースレターを登録していただくか、ツイッター（https://twitter.com/darcyburke）、あるいはフェイスブック（https://www.facebook.com/DarcyBurkeFans）をフォローしてください。

訳者あとがき

ダーシー・バークの『禁断の公爵と還ってきた令嬢』をお届けします。物語の舞台となっている一九世紀初頭の英国では、上流階級の男女は結婚するまでお目付け役なしにふたりきりになることを許されませんでした。この作品のヒロインは、その禁を犯して社交界から追放された女性ノラです。

九年間、田舎で父親と寂しく暮らしてきたノラですが、父親が投資の失敗で財産を失い、自活の道を見つけざるを得なくなってしまいました。そして得た職がコンパニオン。サタ―フィールド伯爵夫人はすべてを承知で雇ってくれたうえ、ノラを気に入って社交界への復帰を強く勧めてくれます。うしろ盾になるという伯爵夫人の申し出をノラはありがたく受け入れますが、過去を考えればすんなりとはいかない可能性も。そこで伯爵夫人は義理の息子であるタイタスに協力を求めました。死んだ前夫の連れ子である彼は、偽善的な社交界を嫌って人づきあいを断っている〝禁断の公爵〟。ところが若い頃は放蕩者と悪名高かった彼が〝禁断の公爵〟と呼ばれるほど変貌したのには、九年前のノラの事件が深く関係していたのです……。

タイタスは会った瞬間からノラに惹かれますが、過去の事件に対する罪悪感から彼女が真実を知れば絶対に彼を受け入れることはないと確信しています。そしてノラはいま一歩踏み込んでこない彼の態度から、タイタスが将来をともに歩む相手となることはないと理解し、婚活に励みます。現代に生きるわたしたちにとってもそうですが、結婚は人生の一大イベント。誰を相手に選ぶかということは、どんな人生を選ぶかということとほぼ同義と言っても過言ではないでしょう。これは別に〝幸せは男性次第〟という意味ではなく、現実的に考えて住む場所、子どもの有無、生活レベル、余暇の過ごし方などすべてが誰と結婚するかで違ってきてしまうのですから。ノラはただ結婚にあこがれていた九年前の未熟な自分といまの自分は違うのだということを徐々に悟り、人生に何を求めるのかをじっくり考えはじめます。そして彼女が無意識のうちに求めているものを正確に理解して差しだすのが、タイタスです。じつは彼がこんなふうに深い洞察力を発揮できるのも、人間として成熟したからこそ。若い頃ならノラを平気でもてあそんでいただろうと、彼自身が苦い思いで考える場面が出てきます。つまりこの作品は、挫折を味わい成熟した大人の男女のロマンスと言えるでしょう。といってもノラが過去に一度だけ経験したキスは期待外れのつまらないものでしたし、タイタスは放蕩のかぎりを尽くしていたとはいえ一度も女性を愛したことがありません。そんなふたりが恋に落ちていくさまはじゅうぶん初々しく、真剣な恋愛には歳も経験も関係ないのだとも思わせてくれます。

この作品は貴族の中でもとりわけ身分の高い男性たち、〝雲の上の存在〟をヒーローにしたシリーズの一作目。〝雲の上の存在〟というのはその身分の高さから何をしても許される不可侵の存在として、ノラが命名した呼び方です。現在なんと一二作目まで出版されている人気のシリーズで、二作目、三作目、四作目のヒーローおよびヒロインは本作のエピローグに登場しています。この作品を読み終えたとき、みなさんがこれらの作品も読みたいと思ってくださることを願っています。

二〇一九年三月

ライムブックス

禁断《きんだん》の公爵《こうしやく》と還《かえ》ってきた令嬢《れいじよう》

著　者　ダーシー・バーク
訳　者　緒川久美子《おがわくみこ》

2019年4月20日　初版第一刷発行

発行人　成瀬雅人
発行所　株式会社原書房
〒160-0022東京都新宿区新宿1-25-13
電話・代表03-3354-0685　http://www.harashobo.co.jp
振替・00150-6-151594
カバーデザイン　松山はるみ
印刷所　図書印刷株式会社

落丁・乱丁本はお取替えいたします。
定価は、カバーに表示してあります。
 ISBN978-4-562-06522-6 Printed in Japan